「ルフィーナ……。愛しい……、私の、妻」
近いのか遠いのか分からないが、耳は彼の声を捕らえた。
涙があふれ出てくる。嬉しくて。けれど、情事の最中では
はっきりと言葉にして応えられず、ひたすら呻いて声を上げるばかりだ。

皇子の溺愛

転生公女はOLの前世でも婚約破棄されました！

白石まと

Illustration
すがはらりゅう

gabriella

皇子の溺愛 転生公女はOLの前世でも婚約破棄されました！

contents

gabriella

イラスト／すがはらりゅう

皇子の溺愛転生公女は婚約破棄されました! OLの前世でも

prologue

現在十八歳になっているエルト公国の公女ルフィーナは、八歳のころ見た異彩を放つ一つの情景を記憶の底に持っている。

場所は、目の前に湖があるところから、冬の間に長期滞在する南の別荘ではないかと思う。

八歳のルフィーナは、子供用の淡い桜色のドレスを着て湖畔《こはん》を歩いていた。

誰も傍《そば》にいないのは珍しい。公女という身分においてもそうだが、普通よりもかなり身体の弱い彼女は、供もなく外を歩くことは滅多《めった》になかった。

身体に合わせて精神力も希薄だったために、心にショックを受けると倒れてしまう。

父親のエルト公は娘を溺愛していて、両手で包むようにして守り育てていた。

母親は三歳のときに他界している。父親には深く感謝しているが、八歳でも、守られるだけの自分の弱さが辛《つら》いと思う気持ちは持っていた。公国でただ一人の公女であり、いずれ人々を治めねばならないのに——と。

その日、優しい冬の陽光が気持ち良くて、彼女は弱い足取りとはいえ部屋から出て湖の岸辺まで行った。

きらきらと太陽の光を弾《はじ》く湖面を眺めてから向こう岸に目をやると、冬でもうっそうと茂る勢いのある木々が見えた。

地面に近くなるにつれ木々の幹は太くなり、奥深い濃い色の影を後ろに控えていて、森の中まで見通すことはできなかった。

湖面には、枝を連《つら》ねた高い木々や青い空が映っている。

どこを切り取っても美麗で静謐《せいひつ》を湛《たた》える自然そのままだったが、無垢《むく》な勢いが病弱な自分を排除していると感じられて少し怖くなったのを覚えている。

対岸を見つめていると、不意に湖に近寄った人影があった。ルフィーナは驚いて注視する。

遠い人影は大人ではなかった。

――別荘の警備をしている公国の護衛兵かしら。大人ではないから見習い？

彼女にはそれくらいしか想像できない。

その少年の髪の色が青く見えたのは、深い森を背にしていたからかもしれない。瞳の色が判別できるような距離ではなかったが、薄い色合いをしていたように思う。濃い藍《あい》色のマントを羽織《はお》り、簡素な上着とズボンを着付け、腰には剣を下げていた。

この距離では、確かな顔の造形など分からない。

その少年は対岸にいるルフィーナに気が付いてこちらを見た。一瞬目が合ったが、ただの錯覚かもしれない。

漣《さざなみ》一つない湖と対岸の森、そして青い空。森は深く、濃い影を擁《よう》していた。

そうした背景を後ろにしても、少年の存在感は際立っている。

静寂に満ちた一枚の絵の中にあって、大きさこそは小さくても、中心人物となれるだけの強烈さが目を引いた。

じっと見ていると、彼は右手を左胸のところへ持ってきて、ルフィーナに向かってすうっと頭を下げた。

ルフィーナは驚いたが、そこは公女として礼を返さなくてはならない。軽いドレスの裳裾《もすそ》を両手で摘《つま》んで、貴婦人の最上礼をした。

不思議な気持ちだった。誰なのか分からないのに、一声もなく互いに挨拶《あいさつ》を交わした。

少年は、ルフィーナが怖いと感じた自然を背後に従えているように見えた。運命を変えられる者とは、こういう存在をいうのかもしれない。

「……ルフィーナさまぁ」

後ろから侍女の声がする。

振り返ると、ルフィーナ付きの侍女が慌てふためいて駆《か》けてくるのが見えた。

部屋に彼女がいなかったので驚いて捜しに来たのだ。すぐに戻るつもりでいたが、いつの間にか結構な時間が過ぎていたようで、心配を掛けて悪いことをした。

ルフィーナは、もう一度視線を湖の対岸へ向けたが、そこにはもう誰もいなかった。

その夜は、湖の近くまで行って身体が冷えたせいか、少し熱が出た。

ベッドから起き上がれず療養を余儀なくされたルフィーナは、自分が見たのは一体なんだったのかと考える。

本当に短い間の出来事だったので、人に言うほどのことだとは思わなかった。

——何事かがあったわけではないものね。青い髪の人なんていないし。……青い髪というより、青い陰《かげ》を持った銀髪だったような気もする。瞳の色も、もしかしたら銀色だった？

夢物語だと思われるのが嫌で、それからのちも誰にも話していない。

年月と共に心の中に深く沈んで思い出すこともなくなったが、どこにもない異彩を放つ強烈な情景として心の奥底に焼き付いていた。

第一章　帝都へ行って皇帝宮に潜入します

夏も終わりにさし掛《か》かったある日の午後、エルト公国の十八歳の公女ルフィーナ・トゥ・エルトは、エルト城の父親の執務室で衝撃的な話を聞いた。

陽《ひ》の入る窓際に立ったルフィーナは、必死の面持《おもも》ちで目の前に立つ父親に訊《き》く。

「婚約が破棄された？　なぜでしょうか。グレイド帝国の皇子殿下ヴィルハルト様との結婚は、私が三歳のときに政略的な意味合いで決められたはずです。それが、十五年も過ぎたいまになって密使が来ただなんて……！」

両国の間に、ことさら争うような問題が起きたとは聞いていない。政略結婚が組まれた意義は、いまなお生きているというのに。

悲鳴のような声を上げたルフィーナを、父親は痛ましげに眺めた。

血気《けっき》盛んな四十代のエルト公の中では、なにより怒りが大きく膨《ふく》らんでいたようだ。身体の横に下げた両手の拳《こぶし》が強く握りしめられている。

「密使とはいえ正式な書状を持ってきた。お前の言う通りこの縁談は、かつて帝国から分離したわが領土を、再び帝国に戻すための政略結婚だ。双方納得の上で約定《やくじょう》まで交わしている。それをいまさら、なんの説明もなく一方的に……！」

父親は床に向かって吐き捨てる。ルフィーナは戦慄《わなな》く唇を叱咤《しった》してさらに尋ねた。

「それで、お父様はどうされるおつもりですか」

「受け入れる。……確認は、せねばならないがな。私が帝都の皇帝宮まで行って本人に確かめよう。お前も心の整理だけは付けておきなさい」

エルト公はこうと決めれば梃《てこ》でも動かない。ルフィーナは蒼褪《あおざ》めた。

「私はずっとヴィルハルト様との結婚を夢見てきましたのに。一度もお逢《あ》いしたことがなくても、ずっと――」

「いいか。皇帝陛下のご判断というより、皇子殿下の決断だ。ヴィルハルト様のサインもあれば、印璽《いんじ》も押してあった。殿下本人からの申し入れである以上、このまま無理に推《お》し進めても、この結婚はお前を幸せにはしない」

「……そんな、ことは」

言葉もなく首を横に振るルフィーナの頭の動きを追って、緩くウェーブを描く褐色《かっしょく》の髪が流れる。薄茶の髪を持つエルト公と、いまは亡き母親エルト公妃の薄いブロンドから生まれた公女の持ち物としては、ルフィーナの髪は不思議なほど濃い色をしていた。

数筋を前髪として額《ひたい》に残し、横髪の一掴《ひとつか》みを後ろに回して一つに括《くく》っている。豊かな後ろ髪は背中を覆《おお》い、彼女の白い肌を魅惑的に引き立てた。

細身なのに胸と腰が女性らしいふくよかさで張っているルフィーナは、十八歳らしいエネルギーに溢《あふ》れた姿をしている。

ところが、彼女の藍色の瞳は潤《うる》み、肺活量が少なくて思うまま主張もできない細い声は発せられず、ただ表情を曇《くも》らせることしかできない。

今にも消えてなくなりそうなか弱いルフィーナは、心に受けた打撃に耐えきれなかった。すうっと意識を遠のかせてゆく。

「ルフィーナ……っ！」

エルト公は娘へ手を伸ばして、倒れてゆく身をどうにか受け止める。

「誰か！　医師を呼べ！」

彼女が意識を失くす直前に見た光景は、バタンと扉が開き、常に公王の近くにいる侍従長が走り寄ってくるところだった。あとは沈んでゆく感覚に呑《の》まれる。

目が覚めたとき、ルフィーナは自分の部屋のベッドの中だった。

それなのになぜか、ここはどこだと考える。

——あれ？　どこなの、ここ……って、私の部屋？　天蓋《てんがい》付きベッド……？

パチッと目を見開いたルフィーナは、自分の中に二つの記憶があるのに気が付く。

——えぇ……っと。私は、ルフィーナ・トゥ・エルト。十八歳。エルト公国のただ一人の跡継ぎで公女。それから。

私は小坂祥子《こさかしょうこ》——だった。二十六歳。夏真っ盛りに寝不足で都内をさまよったあげく、熱中症になってあえなく人生を終えた。

〈猪突猛進《ちょとつもうしん》の第一秘書〉という二つ名を持つ働きすぎのＯＬ。それが前世。

——ルフィーナとしての記憶はきちんと持っているわ。それに被《かぶ》さって薄く別な記憶がある。ぼやけているけど、前世の記憶？　本当に？

今の自分がルフィーナであることは、はっきりしている。

「前は二十六歳だった……。八歳も年上だったのね。ふふ……、若返ったんだ」

奇妙な気分になって、乾いた笑いが出てしまった。

前世で得た知識や経験はかなり明快に思い出せるが、生きていた記憶は薄く、人としての存在感はほとんどない。

ルフィーナは、がばりと起き上がる……つもりが、くらくらと貧血を起こしたような按配《あんばい》で額を押さえた。上半身を起こしただけで動きを止める。

——いまの私は、虚弱体質だった……。体力がなくて、すぐに風邪《かぜ》を引くのよね。前はあんなに元気だったのに。

ベッドの上から周囲を眺める。

見慣れた自分の部屋でも前世の記憶を持つ目で見ると、また別な見方になった。

――広くて豪勢な部屋だわ。公女だものね。寝室としての機能と、リビング仕様のソファセット……。違和感があるわけではないから、本当に少しだけ別の記憶を戻した感じ。

影響は受けるようで、性格的な面がわずかに変わった気がする。

――わずかに？

いままでは、身体が弱いせいもあってなにもできない己《おのれ》の状態を甘んじて受け入れ、現状を哀《かな》しむだけのふわふわとした毎日を過ごしていた。半分以上眠っている状態だ。

それがいま、地に足が付いて自分自身の重量を認識できる。生きている人間としての重量だった。しかし。

――前世の記憶を少しばかり戻したからといって、目の前の問題は解決しない。ヴィルハルト様に婚約を破棄されたのよ。……そういえば、前世でも同じことがあったわ。

小坂祥子が熱中症になったのは、婚約者から婚約を解消すると伝えられたのがあまりにもショックで眠れない夜を過ごしたあげく、夏真っ盛りの太陽の下を暑さに対する予防もせずにさまよい歩いたからだ。

愕然《がくぜん》としたルフィーナは声を上げる。

「な、なんてこと！　生まれ替わっても婚約破棄だなんて……っ！」

彼女は、ベッドの上で上半身を起こしたまま唖然《あぜん》と口を開いた。

エルト公国は大陸の北東に位置している。南側に接するのは、国土が広く、豊かで強大なグレイド帝国だ。不可侵を結んだ友好国であり、何事かが勃発すれば協力して対処に当たるという条約を交わした同盟国でもある。

公国の北側は一年中白銀の頂《いただき》を見せる山脈が連なっているが、ちょうど領土を構えるところに谷間があり、そこを通れば山の向こうへ抜けられる。

谷間の道を辿《たど》り、大陸の西側へ出て南下すれば、西の王国に入る。

いまから二百年ほど前は、西の王国の勢力は大陸で最大で、好戦的な国王の下、周囲の国々を戦闘でねじ伏せて領土を広げてゆく強国だった。

エルト公国の歴史は、西の王国からグレイド帝国を守る谷間の壁とするために、帝国の一部を公国領として切り取り、自治を許されたところから始まっている。

当時のグレイド帝国の皇帝が、弟を初代エルト公王にした。

ちなみに、〈公王〉は地位を指し〈エルト公〉は当代の公王を指す。

二百年過ぎる間に、西の王国は内部分裂を起こして国力を弱めた。逆に、グレイド帝国は強大化して、いまや大陸の中に正面から張り合える国はない。

現在、帝国の皇子は一人しか生まれず、公国も公女一人であることから、二人の婚姻によって公国を帝国領に戻そうという話が持ち上がった。ルフィーナの父親は、帝国に攻め入られる危険性を考慮するより前に、病弱な娘の先行きのために承諾した。

かくして、エルト公が命を終えるとき、公国は帝国に帰属するという約定が結ばれる。

両国への楔《くさび》の役目を持つ婚姻は、公女ルフィーナが三歳、皇子ヴィルハルトが十二歳のときに約定と共に成立して、二人は婚約状態になった。

そして十五年の月日が流れる。

輿《こし》入れの準備も整い、後は〈婚約の儀〉の日付設定だけといういまになって、皇子ヴィルハルトは婚姻も約定も反故《ほご》にしてきた。

『我が国を散々帝国の盾《たて》代わりにしてきたというのに、西の王国の国力が落ちたいま、もはや利用価値もないということか！』

公布がまだされていないとはいえ、エルト公が怒るのは当然だったのだ。

ルフィーナがベッドの横端に腰を掛け、床に足を下ろして顔を上げると、廊下側の扉を細く開けて中を窺《うかが》っていた侍女とぱちりと目が合う。

いかにも覗《のぞ》いていましたという格好だった侍女は、急いで体勢を立て直し、しっかり扉を開けて室内に入ってきた。

何事もなかったかのように、お仕着せの前側を両手で軽く押さえて深くお辞儀《じぎ》をする。

覗かれているから、以前はあまり良い感触を持たなかったが、いまは、侍女は己の仕事をこなしているだけだとすんなり理解できた。

公女の中では生まれない考えだ。前世の記憶の影響で考え方が一変している。

「ルフィーナ様、おはようございます。ご気分はいかがですか？　お着替えをなさいますか？　軽食やお茶はどういたしましょうか」

「私は一日寝ていたのでしょう？　もう大丈夫だと思う。着替えるからドレスをお願い。晩餐《ばんさん》には出ますとお父様にお伝えして」

いままでのことから一昼夜すぎたと考えた。侍女は異も唱《とな》えず再びお辞儀をする。

廊下へ出た侍女が扉を閉めると、ルフィーナはほぅと息を吐いて、緊張していた肩から力を抜く。サイドテーブルに用意してあった白湯《さゆ》をコップに注いでたっぷり飲んだ。

窓の外へ目をやれば、外は午後の明るい陽射しで溢れている。秋へ向かうこの季節は、ルフィーナに優しい陽の光をくれるのでとても好きだ。

夏は暑さに負け、冬は風邪で寝込むいまの自分は、本当に身体が弱い。

エルト城の医師団から、なにかしらの病《やまい》を持っているとは聞いたことがないのに、エルト公の溺愛によって微塵《みじん》も危ないことはせず――どころか運動もしたことがなく、ほとんど動かない生活をしてきた。

母親のエルト公妃アデリアを早くに亡くしているせいで、妻をこよなく愛していた父親は、娘が早逝《そうせい》しないよう心を尽くし、現実的な手段もたっぷり配置した。

父親には感謝しかないが、極端に体力がないのは、たぶんそれが原因だ。

――顔を洗うのも、お風呂に入るのも、すべて侍女たちに手伝ってもらったのよね。なにもかも、……前世でいうなら、地位の高い平安貴族の女性のように。あの時代の高貴な女性は、筋力が衰《おとろ》えて一人で歩くこともままならなかった。

自分の腕を上げて眺める。細さに驚いてしまいそうだ。ドレープの多い夜着の裾《すそ》をたくし上げて脚を見る。細い。ベッド端に座っていなければ立つだけで倒れそうだ。

――筋肉はどこ？　……ということね。まだ間に合うんじゃないかしら。十代だもの。

まずは、自分のことくらいしっかりやらなくては、と考えたルフィーナは、よろよろと歩いて、どうにかこうにか水周り系の身支度を終えてベッドのところへ戻る。

そこで休み休みナイトドレスを脱ごうとしていると、先ほどの者が他の侍女たちと一緒に午《ご》餐《さん》用のドレスを持って現れた。

「ルフィーナ様！　ご自分で動かれては、転ばれてしまいます」

「大丈夫よ。息が上がってしまうけど、これくらいなら平気。ドレスを着付けてくれる？」

「……はい」

貴族の女性のドレスは一人で脱ぎ着できないのが難点だ。

他の侍女も一緒になって着付けを始める。大鏡も運ばれてきたので、ルフィーナはそこでようやく、前世の記憶を持った眼で自分の姿をじっくり眺めた。

――十八歳なのにもっと幼く見える。細いけど背丈はそれなりにあるから、小さいって感じはしない。ずいぶんな美少女じゃない？　びっくりだわ。だけどすごく儚《はかな》い印象なのね。

中身も外見も異様なほど華奢《きゃしゃ》で危ういことに、ずっとなんの疑問も持たなかったのは、魂が半分眠っていたからかもしれない。

前世を思い出したいま、姿は昨日のままでも、迸《ほとばし》るエネルギーが違う。瞳に光が入って視線が定まり、物事を明確にとらえようという意志が籠《こも》っていた。顔つきさえも違う気がする。

白い肌を際立たせるほど髪や瞳の色が濃いのは、前世の影響なのかと納得した。

――透き通るような白い肌でも、褐色の髪と藍色の瞳。すごくアンバランスじゃないかしら。それで余計に危うく見えるのね。

黒髪で黒い瞳だった前世の名残《なごり》だと思えて、彼女は面白げにふふ……と笑う。

そして眉を寄せた。

――身体が弱すぎる。衝撃で倒れてしまう精神もやっぱり弱い。でも、心の弱さは前のときもあったのよね。隠されていただけで。

「出来上がりました」

虹色を地にして小花の刺繍《ししゅう》を散らしたドレスが、柔らかに裳裾を広げている。

フリルやレースがふんだんにあるうえ、白く透き通る紗《しゃ》がスカートの部分に被せられていた。冬の雪を先取りした美しくも儚《はかな》い感じのドレスだ。

ルフィーナにとてもよく似合っている。宝石類が付けられると、いかにも可愛《かわい》がられて育った公女様の出来上がりだ。

「ありがとう。しばらく一人にしてね。午餐の時間になったら呼びにきて」

「かしこまりました」

侍女たちを下がらせると、ルフィーナは水周りとは対面の壁にある木のドアを開けた。中はなにもない部屋だが、壁には少年から青年になってゆく一人の男性の肖像画がずらりと並んで掛けられている。ほとんどが等身大だ。

描かれている男性は、整った顔と年齢よりも多少大柄で均整のとれた体つきをしている。さらさらと靡《なび》きそうな銀色の髪が頭部を覆っていた。重なりあった髪の陰が青い。瞳は青みを載せた銀色だ。

成長してゆくにしたがってすらりと伸びてゆく彼の背丈が、彼女の身長と差をつけながらどんどん高くなってゆくのに驚いてしまう。馬に乗っている力強い絵もあった。

ルフィーナはいつもと同じく、初めて贈られた十二歳の肖像画から順に見てゆく。もっとも新しい絵の前に立つと、肖像画に対してドレスの裳裾を摘んだ貴婦人の正式礼をした。

「ヴィルハルト様。ご機嫌はいかがですか？　お元気にしていらっしゃいますか？　私は、昨日倒れてしまいましたの」

にこりと微笑《ほほえ》んで話し掛けると、不思議なほど心が浮き立つ。

ただの絵とはいえ、その前へ来れば礼は欠かさない。公女としてのルフィーナがそうした教育を受けているという以上に、幼いときから培《つちか》われた想《おも》いが自然にその身を動かした。

ただ、今日は挨拶だけで終われそうもない。

最新の絵の前で、ルフィーナは一心不乱の面持ちで見上げながら呟《つぶや》く。

「グレイド帝国のヴィルハルト・フォン・グレイド殿下。物心がついて以来、私がずっと恋心を抱いてきた婚約者……だった方。どうして、婚約破棄なのですか？」

一度も逢ったことがなくても、名前を舌に載せるだけで幸せな気持ちになれた。それなのに、いまは過去形にしなくてはならない。

喉《のど》の奥が詰まったようになるのを抑え込んで、いつもとは違うまなざしで、凛々《りり》しい青年が描かれている肖像画を見つめる。

肖像画は一年に一度、エルト公国へ運ばれたので、壁には十五枚掛かっている。次第に成長してゆく様子が詳細に描かれている絵姿は、ルフィーナの恋心を日々掻《か》き立てた。

ヴィルハルトはいま二十七歳になっている。精悍《せいかん》な顔立ちからの鋭い眼光が、絵からも伝わってきた。

侍女たちから漏れ聞いた噂《うわさ》では、能力も高く申し分のない皇子殿下だという。それに比べて自分は……とルフィーナは自らを振り返る。

婚約破棄を告げられただけで倒れた。肩を落としてしまうほど心も身体も弱い。

彼の姿をじっと見つめていたルフィーナは、一つの面影を脳裡《のうり》で過《よ》ぎらせた。

──似ている……隼人《はやと》さんに。年齢も同じなのね。

前世で祥子は、一つ年上になる二十七歳の榊《さかき》隼人と婚約していた。


隼人は、日本人離れした顔立ちをしていたが、しっかり黒髪と黒い瞳で、肖像画のヴィルハルトとはずいぶん違う。それなのに、どこか似ている。

ルフィーナが一度も逢ったことのないヴィルハルトに、どうして倒れるほどの恋心を抱いたのか。前世を思い出すと一つの疑問が湧《わ》いた。

──もしかしたら、隼人さんに似ているから無意識に惹《ひ》かれてしまったのかしら……。

胸に手を当てる。

身体の弱さに関係なく、彼女が昔から一途《いちず》で思い込みが激しいのは、魂が〈猪突猛進の第一秘書〉に相応《ふさわ》しい形をしていたからに違いない。

前世では、祥子はブラックに近い企業に勤めていたために、疲労が積み重なっていた。

それでも、祖父の年齢に近い頑固な会長は、明るく人柄も良く、会長秘書の仕事は好きだったので、少しは休めと隼人に言われながらも勤《つと》めに励《はげ》んでいた。

プロポーズを受けて、そのまま隼人との結婚を考えていたのに、夏のある夜、デートしていた噴水のところで婚約を破棄すると告げられた。

あまりのショックで理由も問い質《ただ》さず、無我夢中で走り去った祥子は、一晩中泣いて完徹《かんてつ》となったが、次の日もいつもと変わらず出社した。

二つ名の通りに無理を押しても仕事だけはこなしてゆく。

誰も彼女の代わりができないという事情もあった。

頭の中は嵐の真っただ中で、疲労は極限に達していた。

昼食を外で食べようと会社から出た祥子は、真夏の暑さで熱中症になって倒れ、救急車で運ばれた。県を三つも跨《また》ぐほど遠く離れた故郷の両親はすぐには来られない。

彼女の枕元に、連絡を受けた隼人が駆けつけてなにかを叫んでいた。聴覚は最後まで残ると言われている通りに、彼の声を聞きながら祥子は息を引き取ったのだ。

――なに？　なにを言ったの？　隼人さんっ。

慟哭《どうこく》にも似た彼の叫びだけが彼女の中に残り、意味は掴《つか》めず自分は逝《い》った。

ヴィルハルトの肖像画の前で立ち尽くしていたルフィーナは、低い声で唸《うな》る。

「前世では、理由も聞かずに一人で嘆《なげ》いたあげく熱中症で……っ！　最後に耳に残ったのは、彼が私を呼んでいた声だなんて。なにを言っていたのかしら。もしかしたら破棄の理由だったかもしれないのに、いまとなっては分かりようがない」

隼人の必死の声を思い出す。婚約を破棄したのはなにか理由があったはずなのに、もはや永遠に確かめられない。

ルフィーナは現状を振り返って呟く。

「私は、ヴィルハルト様に逢ったこともないんだわ……」

肖像画通りだろうか。それとも、美的に底上げをした幻想の姿なのか。

絵からでも推し量《はか》れるほどの強烈な視線を持っているのか、本当に皇子然とした有能な人なのか、それともただの噂に過ぎないのか。

どういう声なのか、聞きたい。

——記憶が蘇《よみがえ》ったのは、たぶん、前世であまりにも大きな心残りがあったからだわ。けれどいまは生きている。できることはまだあるじゃないの。

両手を胸の前で握り合わせる。

隼人に似ているとかどうでもいいではないか。前世は手の届かない遠い記憶でしかない。

いまの自分は、儚く危うい存在でも、幼いころからずっと恋する気持ちを胸に抱いて育ててきた。頼りない自分が精いっぱいの心で想ってきた方との縁談を、本人に逢うこともなく終わらせてしまっていいのか？

ルフィーナは、物も言わず動かない絵姿のヴィルハルトを見つめ続ける。

いる。

──今度こそ、本人に理由を訊こう。己の心をきちんと納得させよう。

前世の自分は、徹夜で泣き明かすほどの想いを抱えながら理由も問い質さずに逃げてしまうという精神的な弱さを隠し持っていた。今生《こんじょう》では、隠されていた弱さの方が、心と身体に出ている。

眠っていた魂が目覚めたいま、ひ弱な公女の後ろに潜んでいた〈走り始めると止まらない性質〉も一緒に目を覚ました。ルフィーナは心の中で決心する。

──帝都にある皇帝宮へ行って、殿下に尋ねるのよ。はっきりさせたい。自分のためにも。公国と帝国の約定のためにも。

最後は絵姿に向かって『うんっ』と深く頷《うなず》くと、勢いよく踵《きびす》を返す。

ただ、勢いがつきすぎてよろめく。つまりはこれが現状なのだ。

「まずは体力をどうにかしないと」

ルフィーナはそっと呟いた。

よろよろと寝室兼居間に戻ると、ソファに座って帝都へ行くための方法を考え始める。

エルト公国は、真冬になると雪に埋もれるので二か月ほどは城に閉じ込められてしまう。外へ出るのは屈強《くっきょう》な男たちくらいで、ただでさえ身体の弱い彼女は身動きが取れない。

例年通りなら、ルフィーナは、帝国との国境線近くにある南の別荘へ行って、公国の冬をやり過ごす。今度の冬もその予定が立てられていた。

──動くなら春まで待つ？　いいえ、いまよ。いま、動きたい。皇帝宮へ行くのよ。

ちょっと待てと言われそうな決意は、いまのところ誰も止めないので燃え上がる一方だ。

──ここから馬車に乗って街道をまっすぐ行っても二週間近く掛かる。国境も越えなくてはいけないし、私が一人で行き着くのはかなり難しいわ。

うーん、うーんと唸《うな》りながら考えているうちに夕刻になり、侍女がそろそろ晩餐の時刻だと呼びに来た。


ルフィーナは、エルト城の料理長が腕を振るった魚料理が載った皿を凝視する。

──美味《おい》しそうなムニエル。でも小指の先ほどしかないわ。少ない……。今まではこれで十分だったけど、いまはすごく少なく感じてしまう。

中央にぽつんと載っている切れ端は、小皿が大皿に見えるほど小さい。

晩餐のコース料理は、最初に出されたポタージュもサラダも本当に少量だった。

長いテーブルの角を挟んだ端が当主の席で、そこに座る父親の皿を見ればそれなりの量で盛られている。はしたないことにちょっと羨《うらや》ましそうに見てしまった。

「どうした？　ルフィーナ。味が気に入らないのなら作り直させよう」

いまにも片手を上げて、晩餐の間の壁際に立って控えている給仕を呼ぼうとしたエルト公に、ルフィーナは急いで答える。

「お父様。まだ食べておりませんし、とても美味《おい》しそうです。料理長が作るのですから美味しいに決まっています。作り直す必要はありません。ただ、量が……」

「そうか。それだけの量でも食べられないのか。……無理もない。一昼夜休んだからといって、心の傷が治まるわけはないな。心配するな。私が対処してゆくから」

ルフィーナは、微笑を浮かべたつもりがどこか引きつった笑いになってしまう。

「対処というのは、ヴィルハルト様に直接確かめるということですか？」

「そうだ。密使だったからな。まだ公《おおやけ》にはしておらず、いざというときのための書状を寄越《よこ》しただけかもしれない。本人に確認するくらいの手間は掛けるべきだな」

怒り具合が大きくても、公王として物事を深く考える力を持つ父親は、一昼夜過ぎたあとは冷静に次の動きを模索《もさく》していた。

「いざというとき？　どういうときでしょうか」

「分からん。だから確かめに行く。皇帝宮でなにかあったかもしれない。だがね、私が対処するからには、はっきりした時点で決定になる。ルフィーナ……、まずは食べなさい」

公王である以上、長期で公国を留守にするなら相応の準備が必要だ。政務も前倒しになるから、非常に大きな負担が掛かるのは予想できた。

それでも娘のために、自ら動いて裏付けを取ろうと考えてくれる。

ルフィーナは父親に心配を掛けないためにもいつも通りに振る舞うつもりだが、料理が少なすぎてこれでは足りない。

まともに動くためにに体力をどうにかしたいなら、第一段階は食べ物からだ。

かつての人生では、都内で一人暮らしをしながら、生活費を考えてできるだけ自分で料理をしていた。栄養方面にも気を配った知識が、いま、ここで、役に立ちそうだ。

――量だけを急に増やしても胃腸を悪くしてしまうから、とにかくビタミン類のための野菜、そして適量の肉を取らねば。

ふいっと顔を上げて父親へ目線を向ける。

「お父様。二人だけの晩餐ですから少々マナーから外れたことを言ってしまいますね。あの、私の食事の量を、全体的に多くしたいのです」

「ふむ。珍しいことを言う。お前は、お喋《しゃべ》りをしてもほとんど食べないからとても心配だったのだよ。量を多くするのは大賛成だ。それくらいのことでマナーには反しないよ」

にこりと笑う公王は、父親らしい慈愛《じあい》に満ちたまなざしでルフィーナを見てくれるので、彼女はすでに出されてしまったメニューについても注文をした。

「野菜をもう少し食べたいと思います。冷えたサラダも美味しいのですが、それはすでにいただきましたので、次の肉料理の前に温野菜がほしいのです。それと魚ですが、皮も骨もあって構いません。これほど軟《やわ》らかく調理してあるなら、細い骨なら食べられます」

エルト公はのけ反《ぞ》ってルフィーナを眺める。父親の驚倒《きょうとう》した顔を眺めて、いままでの彼女からは想像もつかないことを言ったのだと気が付いた。

しかし、健康になるために食事療法は欠かせない。

「私はもっと丈夫になろうと思います。……この際ですからご心配をお掛けしないためにも、お伝えしておこうと思いますが、これからは軽い運動もするつもりでいます」

エルト公は可愛《かわい》い娘の望みには、頭ごなしに否定はしない。けれど釘《くぎ》は刺した。

「運動か……！　だめとは言わないが無理をしてはならん。いいな。約束してくれ」

「約束します」

手を軽く上げた父親は給仕を呼び寄せ、漏めた野菜を出せと指示した。

求めた通りの料理が出されてゆっくり食したあとはデザートとお茶だ。その段階へ来てから、ルフィーナは食事どころではない頼みごとを口にする。

「お父様が帝都へ行かれるのは、冬を越してからですか？」

「一応その予定だが、もっと早く行ってほしいのかね？」

「……できれば早く結論を知りたいです。それとお願いです。お父様が皇帝宮へいらっしゃるときは、私もお連れください。ヴィルハルト様にお逢いして、自分で、なぜ婚約破棄なのか尋ねたいと思います」

父親は持っていたお茶のカップを取り落とした。給仕が慌ててやってきて後片付けをする。

しばらくじっとルフィーナを見つめたエルト公は、裏返ったような声を出した。

「ルフィーナ……どうした。別人のようだぞ。この城から出るのは南の別荘へ行くときだけだったろうに。皇帝宮は、すさまじく人が多いうえに騒がしい。お前はすぐに倒れてしまうだろう。第一、お前が行くなら、二週間近く掛かる道程を馬車に乗ってゆくことになる」

言いたいことは良く分かった。父親なら、騎乗でも馬車でも、早足で向かえば十日ほどで到着すると聞いている。

ルフィーナが馬車に乗るときはゆっくり動く。馬車で揺らされるのは彼女の身体に相当な負担になるからだ。二週間も耐えられず、中途で挫《ざ》折《せつ》になるのは目に見えていた。

「ですから運動をして体力をつけます。長時間の馬車の移動に耐えられるよう、身体を鍛えます。どうぞ、私をお連れください」

「だめだ。お前はいつも通り南の別荘へ行きなさい」

人の意表を突くのが上手《うま》い父親は、帝都へ向かうのは冬明けと言いながら、彼女が別荘へ行っている間に出掛けてしまう可能性が高かった。

ルフィーナは追いつめられた面持ちになって重ねて頼んだ。

「どうかお願いします。私を皇帝宮へ連れて行ってください。それが無理なら一人で行きますので、馬車の用意を」

「だめだと言っている！　おまえの命に関わるかもしれないのに、許可など出せるわけがない。別荘へ行きなさい。あと十日もすればビアーチ夫人が来るから、エルト城での滞在期間をいつもより短くして、二日後には出発できるよう手配させる」

カロリーヌ・ビアーチは、母親アデリアの妹になる。ルフィーナにとっては母方の叔母だ。

「叔母様がいらっしゃるのですか。例年よりも早いですね」

「確かにそうだが、こうなればちょうど良かったな」

ビアーチ家は、グレイド帝国の皇帝家に繋《つな》がる血筋で、代替わりの度に伯爵位を賜《たまわ》る由緒正しい家柄だ。地方に領地を持ち、帝都に屋敷を構えている。

アデリアとカロリーヌは二人だけの姉妹だった。ビアーチ家は長女のアデリアが婿《むこ》を取って継ぐはずだったのを、当時すでに公王だった父親が帝国の宮廷舞踏会で彼女を見初《みそ》めたのだ。

帝都に張り付いて毎日ビアーチ家の屋敷に通い詰めたらしい。

その結果、アデリアはエルト公王に嫁《とつ》いだ。翌年にはルフィーナが生まれている。

姉が嫁いだので、妹のカロリーヌが婿を取ってビアーチ家を継いだが、伯爵となった夫は数年前に亡くなり、叔母は未亡人になった。

まだ若く再婚も十分考えられるのに、カロリーヌはずっと一人でいる。子供もいないので、ビアーチ家は血縁者から養子を取る以外断絶になるが、叔母はそれで構わないらしい。

姉妹は仲が良かったとかで、カロリーヌはルフィーナをとても可愛がっていた。

身体が弱いからといって、城からまったく出られないのは可哀《かわい》そうだと公王に助言してくれたのも叔母だ。冬になると南の別荘へ連れて行ってくれる。

――叔母様に、南の別荘ではなく、ビアーチ家の屋敷がある帝都へ行きたいとご相談できないかしら。お父様のお許しをいただけるよう、叔母様も私と一緒に説得してほしい……って、頼みたい。本当は皇帝宮へ行きたいのだけど、それはさすがに難しい？

「ルフィーナ、なにを考えているのかね」

反対されるのが分かっているので、どこか後ろめたい気持ちもあったルフィーナは、少々慌てた様子で答える。

「え、あの、このリンゴパイが美味しいのでおかわりをしようかな……って」

シナモンが利いていてとても美味なのに、一口で終わってしまうなんて残念すぎる。彼女の要望を聞いた父親は、嬉々《きき》として料理長に追加で出すよう指示した。

まずは、帝都までの二週間の馬車の旅をこなせるだけの体力を手に入れる。

ただし、ルフィーナをひたすら愛し心配してくれる父親の心痛をこれ以上増やしたくないので、無理は禁物と自分に言い聞かせながら晩餐を終えた。

寝室へ戻って眠るための用意を済ませ、ベッドへ入る。かなり疲労していた。

――夕食を取るだけでこれだけ疲れがくるなんて……。明日はストレッチもゆっくり始めた方がいいわね。

ベッドの天蓋をそれとなく見つめながら考える。

――叔母様がいらっしゃる十日後までに少しでも元気になれば、お父様も私が帝都へ行くのをお許しに……は、無理ね。叔母様は押しが強いし、期待してはだめかしら。

『ルフィーナは、お姉さまの忘れ形見だものね。母親代わりにしてくれてもいいのよ』

叔母はよくそう言って華やかに笑う。母とはあまり似ていないのだそうだ。

三歳のときに亡くなった母親のことをルフィーナはほとんど覚えていない。城にある肖像画で姿の補完をしているが、とても儚い美しさを持っていたらしい。

淡い金髪をゆったりと後ろ背に流し、柔らかな笑みを湛《たた》える姿は、髪の色こそ褐色で濃いとはいえ、前世の記憶を取り戻す前のルフィーナとよく似ている。

いまのルフィーナは、顔つきからして違っていた。前向きで走り始めたら止まらないという前世の姿は、実はエルト公が持つ性質に似ている気がした。

――お母様がいらっしゃったら、いまの私を見てどう思われるかしら。

アデリアは事故で亡くなっている。

その年、約定のサインと、皇子と公女の婚約を確定させるために、エルト公夫妻は皇帝宮へ招かれた。ルフィーナはまだ小さかったので、エルト城で乳母《うば》と留守番だったらしい。

一か月の滞在期間を終えてエルト城へ帰ってきたアデリアはずいぶん疲労していたという。もともと身体が弱かった母親は、戻ってから数日後に、ふらついて三階のベランダから落ちてしまった。

ルフィーナの手を引いて母親の元へ行こうとしていた乳母が、離れた場所からとはいえ事故を目撃した。ちなみに当時三歳だったルフィーナに、そのときの記憶はない。

年に二度ほど帝都からやって来る叔母は、ルフィーナに言い聞かせる。

『少しは健康にならないとね。せっかくお姉様が見届けた婚約ですから、成婚して皇妃になって、せめて次期皇帝になる皇子を産むまでは頑張らないと。ね、ルフィーナ』

ルフィーナはその都度素直に頷いていたが、健康になるのはほとんど諦めていた。けれどこれからは頷くだけでなく、彼の前に立つためにできるだけのことをする。

ぐっと唇を引き結んだ。やがて次第に眠くなり目を閉じる。

睡眠も必要事項だったので、ルフィーナは眠気に身を任せた。


翌日は、早い時間に目が覚めた。

目標を持った精神が強固になっていて、身体の奥底から力が沸いてくる。

婚約破棄の衝撃はそのままでも、それに対応して動くだけの意志が漲《みなぎ》っている。猪突猛進といわば言え、頑張るしか道はない。

「いいわ。この調子で。さぁ、始めましょう」

一人ごちてベッドから起き上がる。ぐらりと傾《かし》いだ身体を、唇を噛《か》みしめ、足先に力を入れて立て直すと、ルフィーナは部屋の中でストレッチを始めた。

ドレープの多いナイトドレスが乱れ放題になるのも構わない。けれど、できればもっと簡単な衣服がほしい。

短時間で終了して侍女を呼ぶと、しっかりした朝食を用意してもらう。いつものお茶も淹《い》れてもらった。これは、母親が飲んでいた薬湯《やくとう》に近いお茶だ。

今まではなにも考えずに飲んでいたが、前世では体調を整えるためにハーブティを飲むことを習慣化していたのですぐに分かった。

——レモンの香りがするわ。……レモングラス？　レモンバーグかしら。抗菌作用や抗ウィルス、抗うつ作用もあって前向きになる、だったわね。他にも効能があったわ。

蘇った記憶の中には、運動や食事の他にも、いまの彼女を助ける知識がある。活用しない手はない。

——カモミールは効能が多いのよね。ローズヒップは香りがすごく好きだった。あれこれ試したいから、これからは自分で淹れよう。続けることが大事なんだもの。

ハーブは、母親の代からの入手経路があるから、今後も飲み続けられそうだ。

ルフィーナはサンドウィッチを手に取りながら侍女に尋ねた。

「乗馬服はない？　帝国では女性も乗馬をするし、ズボン式のものを着るのが主流だと叔母様が話していらしたわ」

「ルフィーナ様用はないのですが、公妃様のものがあるかもしれません」

「お母様の？　探してちょうだい。あればそれを着て外を歩きたいの。馬にも乗るわ」

目をキラキラさせて訊いていた。侍女も影響されたのか、非常に前向きになる。

「探します。ですが先に、エルト公にお聞きした方がよろしいのではないでしょうか」

遺品になるから当然の配慮だ。馬に乗る許可も、もらわなくてはならない。

父親は驚いた顔をしながらも許してくれた。

こうして、ルフィーナは乗馬服を着て、毎日少しずつストレッチの量を増やす。散歩の距離も次第に長くしていった。

厩番《うまや》が恐縮しているのを横に、馬に跨ることから始めて、次に歩かせる。十日が過ぎるころには早足ができていた。これで馬車の揺れにも対応できる。

食べる方も量を増やしていった。ハーブティも欠かさない。そのおかげなのか、風が冷たくなるとすぐに風邪を引いていたのが、まだ一度もそういう状態になっていない。

いままでが嘘《うそ》のようにわずかずつでも筋肉がついて、それがまた元気の後押しをした。

エルト公は、ルフィーナが地道に頑張る姿を物陰から見ていた。

そして十日後、先触れ通りにルフィーナの叔母、カロリーヌ・ビアーチがやって来た。

カロリーヌは、姉のアデリアより色の濃いブロンドと多少ふくよかな体つきをしている。身なりはかなり派手だ。

城の出入り口まで出迎えたルフィーナとエルト公は、カロリーヌの頭の上の羽根飾りにかなり驚いた。

「びっくりした？　皇帝宮の宮廷社交界では、これがいまの流行なのよ」

髪を結い、そこに宝石の付いたピンと髪飾りがあるが、そのうえでクジャクのものと思われる羽根飾りが差し込まれて素晴らしく目を惹く。

ルフィーナは叔母の頭の上を凝視して動きを止めてしまったが、エルト公は城内へと義妹を誘導しながら微笑と共にそつなく褒《ほ》める。

「よくお似合いですよ、カロリーヌ。ゆっくりしていただきたいところですが、別荘への出発は二日後を予定しています」

「まぁ、一週間はこちらで滞在してからと思いましたのに」

そこでカロリーヌは黙ったまま横を歩くルフィーナへちらりと視線を走らせた。ルフィーナは微笑を返す。

「叔母様、晩餐までまだ時間があります。私のサロンでお茶などいかがですか？」

「それはいいわね。前に会ったのはあなたの誕生日だったから春なのよね。半年ぶりのお話でもしましょうか」

廊下の途中でエルト公と別れて、ルフィーナはカロリーヌを公女のサロンへ導く。季節の花々が飾られ、ソファのセットが三つも用意されている広い部屋だ。

いつものソファに座る前に、カロリーヌはルフィーナを緩く抱きしめる。

「とても元気そうね。良かったわ。頬《ほお》がバラ色ね。おまけになんだか……」

カロリーヌはルフィーナより背が低いので、叔母の顔を見るために目線が下がる。

「なんだか……？　なんでしょうか」

「身体の線がとてもしっかりしているのではなくて？　半年前は、力を入れたらすぐにも折れてしまいそうだったのに。そういえば、ふらつかずに歩けるのね。裾さばきも上手くなっているわよ。すっかり貴婦人だわ」

「このごろは軽い運動をしているのです。どうぞお座りになって。ご相談があります」

カロリーヌは意味深なまなざしでルフィーナを眺めたあと、いつものソファに腰を掛けた。

羽根飾りが揺れるので、つい目を向けてしまう。

侍女が、お茶を淹れるための準備をしてワゴンで運んでくると、ルフィーナは自分の手でハーブティを淹れた。

「ルフィーナ、まぁ、あなた、自分で淹れるの？　この香りは、お姉様が飲んでいらした薬湯ね。あなたも習慣で飲んでいたけど、自分の手で淹れるのは初めて見ましたよ」

「私は、薬湯ではなくてハーブティと呼んでいます。身体に良いので、これからは自分で淹れようと思います。ずっと続けるために」

にこりと笑って言うと、カロリーヌは不思議そうな顔をした。

ルフィーナが淹れたお茶をゆっくり味わって飲んだあと、カロリーヌはカップを置くと、正面に座るルフィーナに尋ねる。

「それで、どういう相談？」

「叔母様。私、帝都にある皇帝宮へ行きたいのです」

優しげに笑っていたカロリーヌの表情が瞬《またた》く間に驚きへと変わり、彼女の手が思わずといった体《てい》で動いて、カップに当たった。ソーサーの上で跳ねてカシャンと音が出る。

「あなたが？　皇帝宮へ？　それって婚約破棄の――」

叔母は、思わず口走ったという顔で言葉を切る。

「ご存じなのですね。父が受け取った書類は密使が運んできたと聞きましたのに」

「それはね。皇帝宮では情報が漏れやすいというか、人脈次第で極秘事項も耳に入れられるのよ。私はこれでもかなりの情報通なの。それで、あなたのことが気になって早目にこちらへ来たというわけ」

「そうですか。ご心配をお掛けして、申し訳ありません」

周囲に心配ばかり掛けているのを改めて自覚する。それでいて、公国の外へ出ようとしている己のわがままさに恐縮するが、ここで諦めることはできなかった。

「お願いしたいのは、南の別荘へ到着したら、叔母様の馬車ですぐさま帝都へ向かいたいということです。そのうえで、帝都ではビアーナ家の屋敷で滞在させてもらえないかと。それで、叔母様が了解してくださるなら、私と一緒に父を説得してほしいのです」

「……どうして皇帝宮へ行きたいの？」

「ヴィルハルト様にお逢いしたいのです。一度も逢わないままで婚約破棄だなんて。納得できませんっ。せめて、正面からお顔を見て、理由を聞かなければ！」

話しているうちに真正面のカロリーヌの顔を貫くように見ていた。

カロリーヌは、仰天したと言わんばかりの丸い目をルフィーナへ向ける。口をぽかんと開いて、驚きのあまり言葉もないといった様子だ。

ルフィーナは自分がいかに激しく言い募《つの》ったかに気が付いて、目を二度三度と瞬《まばた》かせた。

「すみません。思いの丈《たけ》を口にしてしまいました。ですが、皇帝宮へ行ってヴィルハルト様にお逢いしたいのも、婚約破棄の理由を直《じか》にお聞きしたいのも、本心です」

カロリーヌは上から下までまじまじとルフィーナを眺める。

「……行って、逢って、訊きたいということね。ルフィーナ、あなた人が変わってしまったみたいよ。あぁ、でも、片鱗《へんりん》はあったかしら」

叔母は、ルフィーナは一度決めたことは決して翻《ひるがえ》さない子供であったことや、肖像画のヴィルハルトを一途に想い続けられたのは、ただのひ弱な少女には難しいことだと話す。

「あなたの気持ちは分かっていましたが、それにしても……。激しいわね」

カロリーヌは深く息を吐くと片手を上げて額に寄せ、視線を落として考え始めた。

窓の外では、夕陽《ゆうひ》が雲の端を赤く染めている。晩餐の前に、叔母は自分に割り当てられた客室に入って、旅のドレスを晩餐用に着替えなくてはならない。

できたら晩餐のときに、ルフィーナと一緒に父親を説得してほしいが、無理だと断られるかもしれなかった。それほどエルト公を動かすのは難しい。

しばらく黙考《もっこう》していたカロリーヌは、そっと顔を上げるとルフィーナに向かって首を横に振った。

「エルト公を説得するのは無理よ。考えてもみて。あなたが三歳のときに、お姉様はエルト公と一緒に皇帝宮へ赴《おもむ》いて、二国間の約定とあなたの縁談をまとめたわ。それがどれほど大変だったか。帰国してすぐに亡くなられたのよ。知っているでしょう？」

「はい。乳母から聞いています」

「エルト公にしてみれば、皇帝宮へ行ったから妻を亡くしたようなものよ。嫁いで行くならともかく、立場もはっきりしない状態で、娘が同じ場所へ行くのをお許しになると思う？」

ルフィーナは唇を震わせる。カロリーヌの言う通りだと落胆したが、叔母は声の調子を変えて提案してきた。

「あなたの気持ちはすごく分かるわ。ずいぶん健康になっているみたいね。南の別荘へ行くと言って城を出さえすれば、帝都へ向かう計画に手助けができるわ」

「いいのですか？　……ですが、それではお父様に嘘を言って出ることになってしまいます。

お父様に申し訳ないですし、あとで分かるのは間違いありませんから、叔母様に対してお怒りになるかもしれないわ」

「南の別荘へは行きましょう。通り道ですもの。そこからエルト公へ手紙を出したらどうかしら。別荘へ行けば嘘にならないし、そのまま帝都へ行く許可をもらっていないというだけだわ。手紙で許可を申し出ても返事は受け取りそこなうのよ。どう？」

ルフィーナは逡巡《しゅんじゅん》する。

彼女が移動するのに、別荘までは馬車で四日、そこから帝都まで十日ほど掛かるが、グレイド帝国の領土内へ入るのは二日で足りる。帝国内での行程が八日なのだ。

別荘から手紙を出せば二日で届くとして、彼女はその時点ですでに国境にいる。

父親は政務の加減ですぐに城を出られないし、公王が帝国へ入国するのは皇帝の許可が必要とされるので、さらに時間が掛かる。代わりの者を遣《つか》わすこともないだろう。無理強《じ》いすると、以前のルフィーナでは倒れてしまうからだ。

父親の心配を盾《たて》にするようで心苦しいが、子離れのときだと思ってほしい。

――お願いしても絶対お許しにはならない。お父様、申し訳ありません。どうしてもあの方に逢って、自分で確かめたいのです。私の人生なのです。どうぞ、お認めください。

ルフィーナは覚悟を決めた。しっかり叔母を見つめて頭を下げる。

「叔母様。よろしくお願いいたします」

「まかせて」

カロリーヌはクジャクの羽根を揺らし、赤い唇の口角《こうかく》を上げて鮮やかに微笑《ほほえ》んだ。

それから二日ほどは、ルフィーナが南の別荘へ行く準備に追われた。カロリーヌがドレスなどを見立てて選ぶ。そこに乗馬服やハーブも加えてもらう。

その間もルフィーナは運動を欠かさないし、馬にも乗った。カロリーヌは大層驚いていた。

そして、エルト城を出発する日がきた。

「行ってきます。お父様」

「うむ。気を付けてな」

城の出入り口となる大扉の前で短い挨拶を交わしたあと、ルフィーナは深く腰を折った。

後ろめたさというよりも、手紙が到着すれば心配を掛けるのが目に見えているので、申し訳なさの方が大きい。

――行ってきます。

無事に戻ることが父親に対する贖罪《しょくざい》なのだと強く意識して、ルフィーナは城をあとにした。

馬車の窓から外を見ているルフィーナに、同じキャビンで対面に座るカロリーヌが訊く。

「なにを見ているの？」

「山々を。そろそろ秋の気配を見せています。紅葉を始めた木もありますね」

「そうね。帝都はまだ夏が抜けていないけれど、公国は秋が早いわ」

馬車の小さな窓からは、赤や黄色がわずかに加わっている山、そして山の合間から遠くエルト城の塔の先端が覗いている。ルフィーナはそれをずっと見ていた。

所々に手配された宿、あるいはエルト公が指定した貴族の館《やかた》に宿泊しながら四日もすると予定通り南の別荘へ到着した。ルフィーナは父親への手紙を書いてカロリーヌに渡す。

「どう書いたの？」

「事実を。『今から皇帝宮へ向かいます。どうかお許しください』と書きました」

「そう。きちんと届けるよう、うちの者にきつく言っておくわね」

カロリーヌは、エルト城へ来るのに共の者を数多く連れていた。侍女はもちろん、荷物用の馬車が数台あり、台数分の御者や荷物運びの下男たちが混ざっている。

その中の御者の一人と馬を、手紙のために割《さ》いてくれるという。

ルフィーナは一行に混ざって『連れて行ってもらう』形になるので、エルト城からは一人も同行していない。道中はカロリーヌの侍女が、別荘に到着すればそちらで常時待機している者たちが彼女の世話をする。

別荘はルフィーナの静養が目的とされる場所なので特別な催《もよお》しもなく、必要最低限の人数しかいない。手紙を出すにしても、叔母の方で手配をしてくれるならとても助かる。

「人手が減ってしまいますね。すみません」

「いいのよ。可愛い姪《めい》のためだもの。助力は惜しまないわ。どうしても帝都へ行きたいと言えば連れてゆくし、皇帝宮に入って皇子殿下に逢いたいと言うなら叶《かな》えてあげる」

「叔母様……。ありがとうございます」

感動と感謝で目元が潤んだ。

そして、ルフィーナは、別荘の者たちにこの先のことを言い含めて帝都へ向かう。

二日後には国境だったが、和平を結んでいるエルト公国との境で止められることはない。しかも、誰も病弱な公女の姿を知らなかった。

グレイド帝国内に入ると、ビアーチ伯爵未亡人――通称ビアーチ夫人の力量発揮となり、街道の宿も最上級なら途中で寄った貴族家でも非常に丁重に扱われた。

ルフィーナは、故人《こじん》となった夫方《おっとがた》の姪でありエルト公国に住んでいることにして、公女というのは伏せられる。

そしてついに、帝都が見えるところまで来た。小窓から顔を出して眺める。

「叔母様。帝都なのですね。城壁の端が見えません。奥の方の崖沿《がけ》いに、ずいぶん高い位置で縦に伸びた建物がありますが、あれが皇帝宮なのですか？」

「広大な敷地を持つ巨大な城ですよ。後ろが崖になっている難攻不落の皇帝宮です。ルフィーナ。帝都へ入る前に話しておかなければならないことがあります」

「なんでしょうか」

馬車のキャビンで対面に座るカロリーヌへ顔を向ける。あらたまった様子に、急激に不安が込み上げた。

「あなたは皇帝宮へ行ってヴィルハルト様に逢いたいのでしょう？　でもね、それは叶えられないと思うのよ」

「えっ！　それではここまで来たかいがなくなってしまいます」

「公女として皇子殿下に面会を申し込んでも、婚約が破棄された以上、会ってもらえない可能性が高いわ。せいぜいビアーチの屋敷へ使者が来るくらいでしょうね」

絶望に満ちた顔をしながらも、ルフィーナの脳裏は『どうやってでも皇帝宮へ潜《もぐ》り込むとして、エルト公たる父親の迷惑にならずに済む方法は？』という思考で埋まっていた。

するとその考えを読んだかのようにカロリーヌが突拍子もない提案をしてくる。

「それでね、これは私の考えでしかないのだけど、私の侍女として皇帝宮へ入ったらどうかしら。あなたは公女ですから、侍女では不満でしょうけ……」

「叔母様っ。とても良い案だと思います。乗ります、その案に！」

「は？　ルフィーナ？」

腰を浮かしてまで賛同したルフィーナの勢いに押されて、カロリーヌは背凭《せもた》れいっぱいまで背中を引いた。驚きがなにより大きく、自分の姪を凝視したまま動けなくなっていたが、それには構わず、ルフィーナは押して言葉を重ねる。

「皇帝宮内の地図はありますか？　ヴィルハルト様が日中いらっしゃるところは、どこかご存じでしょうか。それが分かれば、必ずあの方の目の前に立ってみせます。そして、婚約破棄の理由を聞きます。……そのときには正体を明かさなくてはなりませんが」

「あなた、本当にルフィーナ？」

ルフィーナは馬車の座席に座り直して強く頷く。

「はい。間違いなくルフィーナです。侍女の動きは身近でいつも見ていますが、皇帝宮流もあるでしょうから、怪しまれない程度のことは教えてください。ビアーチ家の侍女の衣服も貸していただきたいと思います。お願いします」

カロリーヌはぐっと顎《あご》を引くと、今度は確かな声で返答をくれた。

「分かりました。すべて調《ととの》えます。そうね、ビアーチの屋敷へ到着してから五日以内に皇帝宮へ出掛けましょう」

「叔母様……」

感動のまなざしでカロリーヌを見つめると、叔母は微笑んだ。

「皇帝宮で何事か起きても、あなたはエルト公国の公女ですから手荒な真似《まね》はされません。身分の証明は私がしますから、万が一のときは私の名前を出しなさいね。応援するわ」

「ありがとうございます」

できる限り深く頭を下げた。

問題が出れば叔母にも迷惑が掛かるし、同盟国の許容範囲を超えてしまうと、父親がやって来て謝罪をするしかなくなってしまう。

不備が出ないうちに目的を達して叔母の屋敷へ戻るのが最善だ。

別荘で出した彼女の手紙を父親が見れば、直《ただ》ちに動き始めるのは間違いない。父親なら、最短で十日あれば帝都まで来られる。ただし、政務を一段落させてから公国を出るのに、どれほどの日数が掛かるかで違いが出るが。

——お父様がいらっしゃる前にヴィルハルト様にお逢いできれば。

ルフィーナは決意も固く両手を握りしめた。

そうして馬車は帝都へ入り、ビアーチ家の屋敷へ到着する。


カロリーヌはすぐに準備を始めた。約束した通り、ルフィーナのサイズに合わせた侍女の衣服を用意すると、三つ編みお下げに丸い眼鏡《めがね》を掛けるという出《い》で立ちまで整えてくれた。

ルフィーナはしみじみと鏡を見つめ、なかなかの出来上がりに感心する。カロリーヌもルフィーナの仮の姿を眺めた。

「濃い髪色は公国では珍しかったけれど、帝都ならそれほどでもないわ。これなら誰にもエルト公女だとは分からないわね」

「叔母様。それはそうです。エルト公女の私と逢ったことのある方など、皇帝宮では、たぶん誰もいらっしゃらないでしょう」

「そうね。そうだったわ」

カロリーヌはローテーブルの上に皇帝宮の図面を広げた。広大な城内に眩暈《めまい》が起きそうだ。

叔母の細い指が図面の上を滑ってゆく。

「良くて？　皇子殿下の執務室なら、彼がいないときは衛兵もいないからそこで待つという手があるわ。殿下がいらっしゃる間は扉の外に衛兵がいるけど、出てゆくときは後ろをついて行くのよ。寝室のある居室は、留守でも常に扉の両側に衛兵が立つから、そちらは無理ね」

「執務室なのに、留守のときに衛兵がいないのですか？」

「重要書類は他のところに隔離してあるらしいわ。執務室にあるのは、通常業務に必要なものだけだそうよ」

侍女姿のルフィーナは、指を引いて肘掛《ひじかけ》椅子に腰を掛けたカロリーヌへ顔を向ける。

「皇子殿下に関する内部事情は、他へ漏れてはいけない非常に大事なことだと思いますが、叔母様はどうしてご存じなのですか？　皇帝宮内では誰でも知っているのでしょうか？」

「言ったでしょ。私は情報通なのよ。人脈があれば、普通の貴族が知らないことも知り得るし、重要な情報を手にした者は、権力構造の中ではとても強力な手札を持つことになるのよ」

叔母の言っていることは理解できたので、ルフィーナは頷いた。

「そうですね。情報は力ですから。情報戦という言葉まであるくらいですものね」

カロリーヌは、いままで何度もルフィーナに見せたような驚愕《きょうがく》の面持ちになった。しかし今度はすぐにそれを取り繕《つくろ》う。

「しっかりするのよ。あなたと殿下は、婚約の儀がまだだったでしょう？　話し合いだけで決められた婚約は、皇子の一存で破棄もできるのよ。破談になったことが交付されたら、後釜《あとがま》になりたい令嬢や姫君が山となって名乗りを上げるでしょうね」

グレイド帝国における婚約の儀は、〈帝国の大聖堂で執《と》り行う儀式〉であり〈結婚式とほぼ同格〉だと父親から聞かされていた。

むしろこちらの方が内外への正式交付になる。その日付を決める直前に密使が来たのだ。

ルフィーナは目線を落として床を見た。

他国の姫や令嬢たちのことを考えると、自分は体力も取り得もない病弱なだけの公女に過ぎず、さぞかし見劣りすると思われた。努力はしていても、壁は高く現実は厳しい。

そうしたルフィーナの心情をカロリーヌはすぐに察する。

「あなたの美しさは私が知る若い女性の中でも一番よ。以前は、か弱いばかりだったけど、いまは、淡い儚さを残していても、しっかりした立ち姿をして身体に芯が入った感じになったわ。自信を持ってもいいのよ」

「……叔母様」

「あなたは、血筋も良ければ育ちも良い。しかも約定によって、公国を手土産《てみやげ》に嫁ぐようなものよ。皇妃として十分相応しいと思います。殿下に理由を聞いたら、次はそれを乗り越えて、破棄を打ち消してもらうのよ。頑張りなさいね」

「……ありがとうございます」

励まされて目じりに雫《しずく》が浮かんだ。

叔母はルフィーナの幼いころからの想いをよく知っている。こうして言葉をもらって背中を押してもらうと、年の離れた姉のようにも思えてしまう。

カロリーヌはすっと立ち上がった。

「さぁ、今度は立ち居振る舞いや、簡単な侍女の常識を学びましょうね。そうそう。屋敷の者たちにも、あなたが公女であるというのは伏せておきます。噂が広まっては皇帝宮にも伝わってしまいますからね。事情があってやって来た親類の者ということにしましょう」

「公国から一緒に来た人たちは知っていますが」

「彼らは領地へ向かわせたから、もうこの屋敷内にはいないのよ。知っている者を遠ざけないと、秘密は守れないでしょう?」

つまり、ヴィルハルトの前に立ったときには名乗ることになるが、現時点でルフィーナが公女だと知っているのは、帝都では叔母だけということだ。

「叔母様。お心遣い感謝いたします」

「いいのよ。あなたのためだもの。名前もね『フィーナ』と名乗るのはどうかしら」

「はい。そうします」

「では、始めましょう」

侍女らしい動きや挨拶の仕方、上下関係などをビアーチ家の侍女頭《がしら》に教えてもらう。昔は皇帝宮で仕えていたらしく、侍女の仕事ばかりでなく様々なことを知っていた。

『皇帝宮は壁に耳ありですから注意してください。貴族の方々にとって、他の方の事情は甘い蜜同然です。権力争いに勝利する強いカードを得るためには手段を選びません』

権力争いを制したい理由は、多くの財を得たいとか、あがめられたいという欲求の他に、プライドのためや、家族を守るためとか、理由は様々だと説明された。

『負ければ、皇帝宮を追われるだけにとどまらず、謀反《むほん》を企《くわだ》てた首謀《しゅぼう》者などという冤罪《えんざい》を被せられたりしますよ。相手も必死ですから、敵対者は徹底的に潰《つぶ》すのです』

『……怖いところなのね』

目がちかちかした。

彼女としては、ヴィルハルトに辿り着く前にぼろを出さないことがなにより重要だ。

侍女の仕事そのものはなんとかできそうだった。しかも、前世の経験により、行動の先読みや気を利かせて準備万端整える術《すべ》が身についている。

三日もすればすっかり慣れた。

屋敷のリビングで、侍女姿でハーブティを淹れるルフィーナを眺めていた叔母は、ほぅと息を吐く。

「あなたって本当に不思議な娘ね。ひ弱な少女だったのに、どうしてそんなに動けるの。それになんでも覚えてすぐに実行できるなんて、驚いてしまうわ」

叔母の疑問には笑ってやり過ごすしかない。

「美味しいわね、ハーブティだったかしら？　いつか機会があれば、皇子殿下にも淹れて差し上げるといいわ」

「そうですね。ヴィルハルト様に私の淹れたハーブティを差し上げて、一緒に飲むなんてことができたら本当に幸せですね……」

そういう時間が持てることをつい期待してしまう。

なにも解決していないのに、あとのことを期待する自分が急に気恥ずかしくなって、ルフィーナは頬を薄く染めると俯《うつむ》いた。

結局、理由を訊きたいだけでなく、恋の成就《じょうじゅ》も望んでいるのに、上手くいかない場合もあるから考えないだけなのだと自覚した。

――私が淹れるハーブティを一緒に飲みながら、あの方と笑いあってお話をしたい。

それが本当の望みだ。今の段階では、夢のようなものでしかないが。

五日が過ぎて決行日がきた。

ルフィーナは侍女姿で叔母と同じ馬車に乗りこむ。緊張でがちがちになりながらも、グレイド帝国の本拠地、皇帝宮の最外壁の大門を潜った。

城壁《じょうへき》は三重《さんじゅう》になっている。すべての門をビアーチ夫人の侍女として通り過ぎた。叔母の通行証だけで入城できるのが奇妙に感じるほどスムーズだ。

馬車のキャビンで、ルフィーナは対面に座るカロリーヌに訊く。

「叔母様はずいぶん優遇されているのですね。信用されているということでしょうか」

「私が入っている派閥《はばつ》グループはね、財務長官のカルス・ダグネル様がトップなのよ。取り巻きをするのは楽ではないけれど、それなりに頑張った結果なのよ」

自慢げに言われると、この叔母なら泥や嵐の中でも生き抜いてゆけそうな気がした。

――財務長官が、カルス・ダグネル様。初めて聞く名前だわ。逢うことはないと思うけど、廊下ですれ違うことならありそう。

彼と廊下で行き合えば侍女姿のルフィーナが端へ寄って道を空ける立場になる。

最初はビアーチ夫人の居室へ入った。未亡人であり、帝国内に後ろ盾のないカロリーヌが、彼女のための一室を割り当てられていたのも驚くが、続き部屋に水周りや衣装室まであったのも特別扱いを感じさせた。

これも財務長官の派閥に入っている恩恵なのだろうか。

ルフィーナは居室の場所を確認してから、別行動を取ることになっていた。叔母の侍女はもう一人ついているので夕方までならなんとかなる。

カロリーヌはルフィーナが部屋を出る前に、現時点での状況を話した。

「皇子殿下の今夜の予定は、皇帝陛下との晩餐だけよ。いまはレガ夫人のお茶会でお留守でしょうけど、晩餐の前には執務室へ行かれるはず。中で待っていなさいね」

どうしてそこまで知っているのかとても不思議だが、それが皇帝宮なのかと思い直す。恐らく、次期皇帝の動向くらいは掴んでおかなければ生き残れない場所なのだ。

「では、行ってまいります」

「あなたが望む成果を得られるよう、祈っているわね」

ルフィーナは侍女の動きで頭を下げて叔母の居室から退出した。


皇帝宮の奥を目指すルフィーナは、その広さに舌を巻く。少しばかり迷っても仕方がない。むしろ、さほど迷わずヴィルハルトの執務室へ到着したのを褒めてほしいくらいだ。

長々と歩いてきたが、誰もいない場所も多いし、執務室の付近ときたら人影が皆無だった。

ヴィルハルトが留守だと知られているからだとしても、奇妙さは拭えない。

——なんだか、とても不用心だと思うのだけど……。

ルフィーナは、見上げるようながっしりとした両扉を前にして、長い廊下を右、左と視線を飛ばす。誰もいないのを確かめてから片方の扉を開けて、するりと中に入った。

広々とした部屋の最奥《さいおう》には床から天井近くまでの高い窓があり、晩夏の陽が射《さ》しこんで十分明るい。午後のお茶の時間帯らしく、暖炉に火が入れられていなくても暖かだ。

――公国ではそろそろ暖炉に火が入るわ。やっぱり気候がずいぶん違う。雪に埋もれるエルト城が懐かしい……って、まだこれからなのに。

頭を横に振って郷愁《きょうしゅう》に浸りそうな意識を切り替える。

部屋の中を見てゆくと、執務室らしく、両袖の大きな机と立派な革張りの執務椅子が鎮座していた。机の前方は空間が広く取られていて、三人掛けソファがローテーブルを挟んで二つ向き合って設置されている。一人用ソファもあるし、小会議室代わりになりそうだ。

壁には巨大な造り付けの書棚が張り付いている。

専門の分厚い本や、薄くて背の高い地図らしき綴《つづ》り、紙の束などが山ほど詰められていたが、『整理整頓……ってなに？』と聞きたくなるような状態だった。

「……なんて雑然としているの。重要書類は他にあるってことだけど、雑多な処理案件がものすごく多いのかしら。手当たり次第山積みした感じ？」

机の上にも雑然と積み重なった書類の山だ。机の両側から零《こぼ》れたらしく床にも散らばっている。紙また紙で、本当に雑然としていた。

――うぅ、整理したい。

雑多に乱れる書類の束を見ているうちに、どうしても片付けたい気持ちになる。

「職業病のようなものよね。転生しても残っているなんて――」

ぶつぶつ言いながら、まずは床に落ちているものから拾って中身をざっと確認する。それから、二つのソファの真ん中にあるローテーブルに、分類しながら重ねていった。

「なにこれ。一か月後の料理のメニューなの？　料理長が確認を要求していて、侍従長のサインもあるから、あとは殿下の承認だけじゃないのかな。ん？　これは外壁大門の衛兵の数を増やしたいという要望書？　大隊長から将軍のサインまであるからこれも承認待ちね」

呟きが止まらない。

「地下のナンタラ部屋の掃除の許可……。こういうのは全部了承印を押すだけよね。右から左に判はしないってことかしら。それにしても溜《た》めすぎ！」

埃《ほこり》も払い、折れ曲がったところは正して積み重ねる。いつの間にか夢中になってやっていた。すると、不意に後ろから声が掛けられる。

「誰だ。なにをしている」

「……！」

腰をかがめていたルフィーナが、ぱっと背を起こして後ろを振り返ると、扉の片方だけが開かれ、そこに一人の男性が立っていた。

——ヴィルハルト様……っ。

誰であるのか一目で分かった。少なくとも、姿は肖像画通りだったからだ。

第二章　新しい女性秘書官は早起きをして体操をする

凛々《りり》しく見目麗《うるわ》しく、驚くほど均整のとれた体付きをしている。

風もないのに少し動くだけでサラサラと流れる銀髪や、奥行きが測れず吸い込まれそうな銀の瞳は、絵よりもずっと強烈に目を惹く。

どちらも青みがかっていてとても幻想的だ。

毎年贈られてきた絵姿は嘘も誇張もないどころか、高い背でどちらかといえば細身とはいえ、広い肩幅や真っ直《ま》ぐ上へ伸《す》びた背筋は、滅多なことでは動かされない強靭《きょうじん》さを纏《まと》っている。

表情は絵よりも硬く、脆弱《ぜいじゃく》な雰囲気など微塵《みじん》も感じさせなかった。

――まるで、鋼《はがね》でできた彫像みたい？　姿は絵と同じでも、実物はすごく印象が違う。

初めて出逢ったヴィルハルトは、噂通り皇子然とした美丈夫《びじょうふ》だったが、豪華な衣装や美麗な姿よりも、彼自身が放つ強い気で人を圧倒できる存在だった。

――私は絵しか知らない。どういう人なのか中身などまったく考えずに、外見だけで、何年も掛けて恋する気持ちを育ててしまったんだわ。

巨大な帝国のただ一人の皇子という背景だけでも大層なものなのに、本物には、じわじわと伝わってくる怖さがある。

彼の意志一つで小国など瞬時に踏み潰されてしまうことを思うと、それだけの権力や武力を背負った者だと認識を新たにした。

――外側だけを見ていたからといって、気持ちを失くしたわけじゃない。知らないなら、知ればいいのよ。この人がどういう人なのか、知りたい。

魂の完全覚醒《かくせい》によって、危険や問題を顧《かえり》みずという欠点と共に突き進む精神が蘇っている。

知りたいと思えば、知るためにじっと彼を見つめてしまうほどに。

ヴィルハルトの精悍《せいかん》な顔立ちは整いすぎて冷たく感じるし、感情で崩れることがあるとは思えないのに、彼女に向けられたのは軽く眉を寄せた不機嫌そうな顔だった。

無断で部屋へ入れば怒られて当然だ。しかし彼は怒ることもせず、ひたすら不審げに彼女を眺め続けるので、目が合ってしまう。

ルフィーナは、幼いときから公女として教え込まれている王侯貴族への礼儀の数々に従って、侍女のスカートの両端を摘むと貴婦人の礼をしようとした。

そこではっと気が付く。

――いまの私は侍女に扮《ふん》しているっ。

動きを途中で変えたのでとても奇妙だったが、前側へ下《おろ》した両手で軽くスカートを押さえる。

そして動転している気持ちのまま勢い良く頭を下げた。

誓って言うが、侍女に扮してヴィルハルトを翻弄《ほんろう》するつもりなど毛頭なかった。

自分が誰であるかを示して婚約破棄の理由を訊くのが目的だったのに、思わず動いてしまったのだ。物事がそこからどう変転するかなど、彼女には少しも予測できなかった。

頭を下げた時点で、目的を無視している自分の動きがおかしいと気が付いたが、訂正に至る前に『かしゃんっ』と音を立てて床に落ちたものがある。丸い枠をした眼鏡だ。

――眼鏡が落ちたっ！　そういえば緩《ゆる》かったわ。な、なんてまぬけなことに。

ルフィーナは頭を起こす途中で停止すると、床に転がったそれを固まったようになって凝視する。わずかに顔を起こせば、ヴィルハルトも目を見開いて眼鏡を見ていた。

そして彼はゆっくりこちらへ視線を向ける。

ルフィーナは手を出して拾おうとしたが、彼の方が早かった。腕を伸ばして床から眼鏡を拾うと、彼女に近づいてすぃっとそれを差し出す。

――私の顔が見られてしまうっ、私の肖像画もこちらへ届けられていたはず。三つ編みをして眼鏡で隠しているけど、その眼鏡が落ちているから……。

あれこれ考えている暇はなかった。彼女は、追いつめられた気持ちを隠す意味でも片手で顔の半分を覆い、片手で差し出された眼鏡を取ると、ものすごい勢いでそれを掛ける。

そうして、今度は眼鏡を押さえつつ、もう一度頭を下げた。

に笑っていた。

「申し訳ありませんでした。拾っていただきましてありがとうございます」
ルフィーナが恐る恐る身体を起こせば、ヴィルハルトは声もなく身を二つ折りにせんばかりに笑っていた。

――えええ……っ。ここ笑うところですか？

驚倒した彼女はまた固まって動きを止め、穴が開くほど彼を見つめる。

口元を押さえたヴィルハルトは、背を起こして彼女をちらりと見るとまた笑った。笑いのツボにでも入ったのだろうか。

――笑った顔もあるのね……。当たり前だけど。でも、少年のころからの肖像画に笑ったところは一枚もなかったんだもの。いつも難しい顔をして、威厳たっぷりの絵ばかりだった。それはそれですごく素敵だったけど、そうか、笑うのね。

気分次第で一つの国を失くしてしまうほどの権力を一身に背負う皇子殿下には、豪華な衣服を纏《まと》い、誰に対しても威圧的に接するよう周囲が進言していたのは間違いない。

婚約者相手でも、笑顔で親しみやすい姿絵など渡せるわけがなかったのだ。

それでもいまは目の前で笑っている。ルフィーナは口を開けんばかりにして彼を見ていた。

――どういう人なのかしら。

絵姿に恋をした。しかし、本当の彼は絵からは測れないと心の底から悟る。

――あなたのことをもっと知りたい。

どうにかこうにか笑いの衝動を抑えたヴィルハルトがルフィーナへと顔を向ける。口元をまだ押さえているということは、どうしても口角が上がってしまうなどの表情の崩れがあるからかもしれない。

——知りたい。あなたのことを。

何度も思う。

ヴィルハルトが表情を改めて息を整えると、最初の怖い皇子殿下の顔になった。笑っていた気配は払拭《ふっしょく》されている。

「さて、もう一度訊くが、お前は誰だ。その服は、どこかの貴族家の侍女といったところか。どこの家だ」

「どこの家……」

ここでエルト公女だと話せば、なぜ姿を偽《いつわ》ってまで来たのかと問われる。目的通りに『婚約破棄の理由を訊きたくて来ました』と答えたとして、本当の理由を教えてもらえるだろうか。

しかも、返事をもらっても、正当な理由であれば抗議もできず婚約破棄は覆《くつがえ》らない。

父親のエルト公は、婚約破棄の書状を持ってきたのは皇子自身の考えで寄越された密使だと言っていた。しかし、皇帝陛下の意志も入っているなら、婚約の破棄はグレイド帝国の決定であり、ルフィーナにそれをひっくり返す力はない。

——どうしよう。公女だと言うべき？

婚約破棄の理由を尋ねて答えを得た時点で、自分は皇帝宮から去らねばならない。

そして、彼には二度と逢えない。

──二度と逢えない……。この方のことを、まだなにも知らないのに。

笑い合って話をして一緒にお茶を──夢のような情景だ。けれど、願いたい。

「答えろ」

低く発せられた。ルフィーナは、命令することに慣れた威圧的な声音を耳に入れてびくんっと慄《おのの》く。頭の中が真っ白になってしまった。

「申し訳ありません。あの、ビアーチ夫人付きの侍女で、初めて皇帝宮へ来たので迷ってしまいました。あちらこちらを歩いて、あまり人がいなくて、……えぇと、あの、とにかく迷ってしまいましたので」

しどろもどろになって頭に浮かんだままを話す。

ヴィルハルトはルフィーナが話したあとで、無造作にローテーブルのところまで行くと、彼女が仕分けをして積み重ねた書類と執務机の両横に滑り落ちていたはずの紙束がないことを目で確認した。

彼は、ローテーブルから書類の一部を手に取る。

「迷ったあげく、手ごろなところにあった扉を開いて中に入ったのか？」

「そう！　そうです。まさか、ヴィルハルト様の執務室だったなんて。申し訳ありませんでしたっ」

もう一度ぺこんっと頭を下げる。今度は眼鏡を片手で押さえているから落ちない。

彼は奇妙な顔をして、考えながら問うてくる。

「元気だな。勢いもある。なぜ……。私の執務室だとは一言も言っていないぞ」

「えっ、あ、そうでした。ですが予想はできるのです。書類の内容は、承認がほとんどです。担当部署から上げられて、各所の責任者のサインまでは済んでいますから、最後はヴィルハルト様の承認待ちだと見当をつけました」

「それでこの部屋は私の執務室――か」

侍女はそこまで考えないのだが、そのときのルフィーナは書類の束を前にして〈猪突猛進の第一秘書〉の異名を冠した脳内になっていた。勢いよく『はいっ』と答える。

ヴィルハルトは面白そうに眼を細めた。無理だと分かっていても、なにを考えているのか是非訊いてみたい。

彼は手に持った書類を眺めて呟く。

「文字が読めるのか。しかも部署ごとに分けられるとはな」

「あそこの壁に組織図があります。それを見て分けました」

「これがなにか分かるか？」

「財務諸表でしょうか。……食品類と食品庫かな。仕入れ額が大きくて驚きました。ですが食品庫の入庫状態が少し変です。腐食しやすい肉類なのに、入庫が仕入れてから十日後とか」

そこで、ヴィルハルトは『ははは……』と声を上げて笑ったのだ。

前と違ってどこか皮肉気だったが、ルフィーナは、整った顔に浮かんだ笑みのあまりの美しさに眩暈を起こしそうになってしまった。

ヴィルハルトは彼女の上方から——それだけ身長差がある——視線を当てると、決定事項として告げる。

「ビアーチ夫人にお前を引き抜きたいと申し出ることにしよう。侍女ではなく、私付きの女性秘書官として傍に置く」

「……っ！」

驚きで口を開けてしまったので慌てて両手で押さえる。

叔母は、ヴィルハルトの依頼を断って、あの侍女はエルト公女だと話すだろうか。

——話さない、よね？

勘《かん》のいい叔母はたぶん、ヴィルハルトの申し出からルフィーナがこの場で聞きそびれたと察すると思われた。そのうえで、秘書官として傍にいられるなら、理由を訊く機会をまた狙えると、喜んで了解するような気がした。

ルフィーナにしても、傍にいたからといって多くのことが分かるわけがないとしても、ゼロではないはずだから大歓迎だった。

仕事内容は、父親についていた秘書官たちを考えればある程度の予想はできる。かつて第一秘書だった記憶を持つルフィーナなら、なんとかこなせそうだ。

——ヴィルハルト様。少しの間だけ仮の姿でいることをお許しください。どうぞ傍に置いてください。時が来たら婚約破棄の理由を訊きます。そのときにはどうか、本当のことを教えてください。

正体を明かせばルフィーナはヴィルハルトの怒りに晒《さら》される可能性が高かった。それでも、絵姿ではない彼を知りたいのだ。

「いやか？」

訊いてくるヴィルハルトに対し、ルフィーナは決意を載せた顔を向けて答える。

「是非やらせてください。よろしくお願いします」

「ではまず、あの机の上からだ。……そういえば、名前は？」

「……フィーナ・トゥ……ト、です」

突然のことだったので、叔母との打ち合わせ通り名前を『フィーナ』と伝えたが、家を示す姓はトゥ・エルトの変形になってしまった。

「フィーナ・トゥト、か。ではフィーナ。私はビアーチ夫人と話を付けたあとは、晩餐に向かう。ここへは私付きの侍女を寄越すので、あとは彼女からどうすればいいのかを聞け」

「はい」

ここは『かしこまりました』となるはずだったが、すでに心は秘書状態なので、簡潔で明快な返事を繰り出す。

ヴィルハルトが指した執務机の上を、苦笑を抑えて眺めたルフィーナは一応訊いた。

「他の秘書官はいらっしゃらないのでしょうか」

書類などが溜まり過ぎている。ヴィルハルトも自分の机の上へ視線を走らせてから、天井へと目を向けた。お手上げ状態という雰囲気が漂う。

「第一から第三までの秘書官は、情報漏洩《ろうえい》の疑いで現在捕らえて尋問中だ。第四秘書官は、一気に増えた仕事に潰されて退官した。第五秘書官はどうにか持ちこたえてきたが、今朝、起き上がれませんと連絡が来て今日は休ませている。明日来られるかどうかは分からない」

「……そうですか」

唖然《あぜん》としたルフィーナだったが、気を取り直して机の上に視線を据《す》える。とことこと歩いて近寄り、すぐさま内容確認と仕分けを始めた。

彼女からは見えなかったが、ヴィルハルトは満足げな表情で大扉から出て行った。

束となった紙面に目を走らせながら、ルフィーナは心が浮き立って楽しいとさえ思う。

それが仕事の加減なのか、彼の傍にいられるという驚くべき状況の展開によるものなのか、はっきりしない。

――なんだか前世にすごく引きずられている気がするけど、いいわ、やるだけだもの。

そのあたりが前世ではオーバーワークに繋がったが、いまは現状を進めるので精いっぱいだ。

――叔母様に説明する時間をどこかで取らないといけないわね。

ヴィルハルトが動いたので、いますぐ説明に走らなくてもよさそうだと判断する。

あとは、度数のないガラスをはめ込んだ眼鏡がずり落ちるのを指で押し上げながら、夢中になって書類整理を推し進める。


どれほどの時間が過ぎたのか、外では太陽が沈んで暗くなってきたので、ルフィーナは明かりを灯《とも》して続ける。しかし、さすがに見え難《にく》い。

目を瞬きながら続けていると、いつの間にかやって来た者に声を掛けられた。

「そろそろ上がらない？　私がずっとここに立っていたのに気が付かないなんて、集中力がすごいんだ」

え？　と振り返ると、大扉のところに、可愛らしい形をした紫紺《しこん》の侍女服に白いエプロンを着付けた者が一人立っていた。ゆっくり近づいてくる。

「私は、ヴィルハルト様付きの侍女で、リナ・マイルズよ。二十一歳。リナと呼んでね」

「リナ……？　私は十八歳で、フィーナ・トゥトです」

「フィーナね。さぁ、行きましょうか」

黒髪を頭の後ろで纏め上げて網を被せた彼女は、気の強さがありありと出たきつい表情と、意志の強さを感じさせる青い瞳をしていた。

リナはルフィーナに向かって手を出す。握手だと思ったのでルフィーナはその手を握ったが、手を繋いだ状態でリナは歩き始めた。

「どこへ行くのですか？」

「私たちの部屋よ。侍女たちが住まう棟《とう》の端っこの部屋で、私と同室。案内するから」

「同室！　よろしくお願いします。あの、机の上の片付けがまだ済んでいません」

顔だけちらりと振り返って見れば、机の上は半分片付いたような状態だ。

片付いたというのはまだ早いかもしれない。認証を求めて提出された書類は、ヴィルハルトのサインをもらって所属部署の提出者のところへ持ってゆくか、取りに来る者に渡さなくては、仕事として完了しない。

当然、サインだけでなく注釈が必要なものとか、差し戻す書類もある。

調査が要《い》ると彼が言えばその手配をするために、皇帝宮内の仕事の分担や調査部署の場所など知っておく必要があった。

すべてヴィルハルトの判断だが、その判断を助ける資料の用意をするのも事務官の仕事だ。

――寝ている暇もないわね。

ぐるぐると考えていたルフィーナの頬が、ぺしっと軽く叩《たた》かれる。驚いてそちらを見ると、リナが眉を寄せた気難しい顔をして彼女を眺めていた。

「フィーナ、聞いて。いい？　無理はしないの。休むときはきちんと休まないと、第四秘書官みたいになっちゃうでしょ。あっという間に現場から消えてしまうつもりなの」

「大丈夫ですよ、……きっと」

「だめよ。せっかくの新しい秘書官なのに。いいこと？　ヴィルハルト様の秘書官がいなくなってしまうと、すべての重荷があの方に掛かってしまうでしょ。それにね、初めての女性秘書官なのよ。女は役に立たないって証明したいわけ？」

この意見には賛同する部分が多い。特に『女は』のところだ。

ルフィーナはきゅっと唇を引き結んでから答える。

「……いいえ」

「じゃ、あとは明日ということで。サインが必要な物を先にしてゆけばなんとか回るでしょ。それはもう避《よ》けてあるんじゃないの？　あなたにはその判断ができるって殿下に聞いたわよ。あなたが途中だと言っても連れて行け、ですって」

ヴィルハルトとは短い接触時間しかなかったのに、どこか本質を掴まれた気がした。

「忠告ありがとう、リナ。頑張って休みを取るわ」

ワーカホリックだった前世と同じになってはならないと、頭がようやくそちらへ回る。

「頑張って休みを取る、ねぇ……。まぁ、いいか。そうそう、秘書官は侍女よりも地位的には上位になるし、給金が多いのよね。でも同室になったから上手くやりましょう」

「ええ。リナ」

にこりと笑い掛ければ、気が強そうに見えたリナが照れた様子で横を向いたので、ルフィーナは彼女をとても好きになった。


案内されてきたルフィーナとリナの部屋は、侍女たちが暮らす棟の二階の端にあった。

室内の壁のドアを開ければ水周りも完備されていた。

煙突が壁から外へ突き出ている小さなストーブまで設置されている。燃料は薪《まき》で、決められた量を毎日下男が配って回るそうだ。

両壁に寄せて二つのベッドがそれぞれ置かれ、窓際に机が二つ並んでいる。扉側になるベッドの足先の壁に、クローゼットとチェストのセットがそれぞれ置かれていた。

「ここはね、皇子殿下付き秘書官になったフィーナに合わせて、侍女頭の部屋並みの広さや設備があるのよ。私はあなたに皇帝宮内のことを説明したり、案内したり、生活に必要なことを手伝ったりする役を振られたわ。こういう部屋に住めるのは、フィーナのおかげよ」

急な移動を余儀なくされたのに、リナは喜んでいた。ほっとする。

ルフィーナがヴィルハルトの執務室にいる間に前の部屋の掃除をして身の回りの物を動かしたのかと思うと、かなり有能だと思われた。明るいうえにてきぱきと動く。

――皇子殿下付きの侍女の一人だものね。無能では務まらないんだわ。

リナは、チェストの蓋《ふた》を開けて、畳《たた》んで入っていた衣服を指す。

「これは、秘書官のお仕着せね。「男性用と違うのはスカートってことかな。侍従長のところでもらってきたのよ。下のブラウスも上服も、両方とも予備の分と二着あるからね」

　一着分を出して広げて見せてくれる。

「こういうのもあるんだってちょっと驚いたわ。女性の秘書官は、私が覚えてる限りでは誰もいなかったのよ。着てみる？　明日から執務室に詰めるんでしょ」

　新しい服となれば是非とも試着してみたい。

　興味津々《しんしん》となって、ルフィーナはぶんぶんと頷くと、リナは面白そうに笑った。

　侍女服を脱いで事務官の服を着る。スカート部分の上部まで――お臍《へそ》のあたりまで――開く前ボタン式だったので、一人でも簡単に脱ぎ着ができた。嬉《うれ》しい造りだ。

　布はかなり上質でも黒を基調とした地味なドレスだったが、前世の自分が着ていたスーツを髣髴《ほうふつ》とさせたので、ルフィーナは密《ひそ》かにときめいた。

　もちろんスカート丈は踝《くるぶし》まであるし、テーラードの襟《えり》ではない。

　立ち襟で、肩のところが小さく膨らんだあとは手先まで細身の長袖になっていた。貴族の家の女性が纏う豪奢《ごうしゃ》なドレスとは違って、ほとんど肌が見えない造りだ。

　前立てに並んで下がった幾《いく》つものボタンは、大きめの金だった。袖口にも寄せられて並んだ金ボタンがあるが、そちらは少々小さめで可愛い感じがする。

　下に着た白い絹のブラウスには袖の先と襟側にやや長めの白いレースがあしらわれていた。前立てにも細かなレースのフリルがあったが、こちらは上着に隠されてしまう。

　けれど、上着の袖口と立ち襟からブラウスのレースが割とたくさん出るので、黒と白と金という色彩が地味な服に華やかさを添えている。

「見て、フィーナ。このボタンの頭飾りになる彫りは、ヴィルハルト様付きの証明書代わりになるのよ。私も袖口に小さいのが三個ついているでしょ。失くしたら申請しなくちゃいけないってこと、覚えておいてね。目立つ位置で数もあるし大きいわね。いいなぁ……」

　リナが着ている侍女服の袖口にも同じようなボタンが三つあったが、確かにずっと小さい。

ルフィーナは胸のところの布を引っ張って眺める。

「ほんとだ。印章が飾りになって刻印されているのね。これはヴィルハルト様付きの者しか身に付けられないの？」

「そうよ。職別で大きさが違うの。あまり引っ張らないで。ちょっと胸のところのサイズが合わないかな。フィーナったら、胸が大きいわね。こんなに細いのに」

「……そ、それは、小さなころから憧れの人がいたからじゃないかしら。そういう気持ちを持つと育ちがいいらしいし。リナ、あまり見ないで」

　恥ずかしくなって少し頬が上気すると、リナの目が優しく眇《すが》められた。

「ごめん。あれ？　腰はわりと張っているのかしら。ウエストは折れそうなほど細いのにね」

「もうっ、見ないでって」

リナは悪びれずに、ははは……と笑う。

下スカートとなるペティコートにフリルがあるので膨らむとはいえ、スカートそのものはギャザーが少なくて広がらず、形はとてもシンプルだ。

部屋の姿見に映して見ると、禁欲的な分、なにかをそそるような気がしたが、彼女の長い三つ編みと丸い眼鏡が質素さを強調している。一言で表せば『やぼったい』だ。

――これならあまり目立たないわね。

なんだかほっとする。実際は、ヴィルハルト付きの女性事務官という添え書きがあるだけで注目を浴びることになるが、彼女にはまだ分からない。

「よく似合ってるわよ、フィーナ。侍女の服は可愛さも必要だからフリルとかいっぱいあしらわれているのに、事務官の方はすごく簡素ね。フィーナ、髪をもう少し派手に纏めてみたら？　そうすればもっと女性らしさが出るわよ。それだけ立派な胸があるんだもんね」

「胸のことは言わないで。普通よ、ふつう。髪型もね、いいのよこれで」

くっと睨《にら》むと、リナは笑ってごまかした。軽い会話がとても楽しい。

リナは、ルフィーナが脱いだビアーチ家の侍女服をチェストに片付けてくれる。

次にクローゼットを開けて掛けてある服などを指した。小物入れもそちらに入っている。

「他に必要と思われる品を、ビアーチ夫人のところで纏めて届けてくださったわ。後見人として、かなり面倒見が良い方のようね」

「そうなのよ。夫人の助力には本当に感謝しているの」

この場合は後見人になるのかと心に留め置く。

小物入れの上に置かれていたガラスの瓶《びん》を指してリナが訊いてくる。

「これは、茶葉？　厨房《ちゅうぼう》へ行けば少しくらいなら分けてもらえるのに。なにか特別なもの？」

掌《てのひら》にちょうど載せられるくらいの瓶の中には、エルト公国から持ってきた乾燥ハーブが入っている。ガラスの蓋までついているから、容器自体が珍しい。

――ビアーチ家の屋敷に置いてあったものをここへ届けるときに、叔母様が一緒に入れてくださったのね。

感謝の気持ちが膨れ上がった。リナには簡単に説明する。

「茶葉の一種で、ハーブというの。母が薬湯にしていたのよ。私も健康のために小さいころからずっと飲んでいるわ。厨房でお湯がもらえたら淹れるから、リナも飲んでみる？」

「え、飲ませてくれるの。楽しみ。ストーブに火を入れる時期になったら、やかんを手に入れてくるわね。そうしたらいつでも飲めるわよ」

香りや味が合わない人もいると思うから強くは勧められないが、嬉しそうに言ってもらえたのでルフィーナも楽しい気持ちになった。

水周りで適度に身支度をして夜着代わりになる丈の長い綿シャツに着替える。

リナはすぐに自分のベッドへ入った。

「今夜はもう寝るわ。フィーナは？」

叔母が届けてくれた荷物の中にショールがあったので、ルフィーナは夜の肌寒さを防ぐためにそれを羽織って、机と対になっている椅子に腰を掛けた。

引き出しに仕舞《しま》われていた簡素な紙とインクとペンを取り出す。

「ランプを灯したままで悪いけど、手紙を書きたいの。いいかしら」

「少しくらい明るくても眠れるから気にしないで。誰に書くの？　届け先はどこ？」

「父に。皇帝宮に滞在することを伝えないといけないもの。そうだ。皇帝宮から手紙を出すにはどうしたらいいのかしら。知っている？　父はエルト公国にいるから、そこまで届けたいのよ。できるかな。とりあえず書いてしまうけど」

現状を簡単に書き始める。内容は簡素なもので、別荘で出した手紙の続きだ。

ベッドのリナは不思議そうな目でルフィーナを見ている。

「エルト公国？　ずいぶん遠いわね……。ヴィルハルト様が、ビアーチ夫人へフィーナのことを話しに行かれたでしょ？　夫人は『フィーナの家族には知らせておきます』と言われたそうよ。それでいいと思うけど」

「夫人が連絡してくださるなら、なおさら私からも知らせておかないと。ほら、状況が変わったのは、私の意志だってことを伝えないと父が夫人に怒るかもしれないもの」

「？　ビアーチ伯爵の未亡人に、フィーナの父親が怒るわけ？」

ルフィーナの正体を知らせていない以上、リナの疑問は当然のものだった。

侍女として仕える庶民の家族が、貴族の夫人に対して怒るなどあり得ない。

「そうね。そうなんだけど……」

言葉に詰まってしまった。するとリナはなんでもなさそうにしてその話題を放置すると、最初の問いに答えてくれる。

「秘書官として書簡を出せば、エルト公国への便に乗せられるわね。友好国で同盟国でしょ。皇帝宮からも便が出ていたはずだし。ヴィルハルト様に頼んでみたら？　皇子殿下の承認印があれば、確実に届くと思うけど」

「そうね……」

しかし、彼に頼めばルフィーナの正体を知られるかもしれない。面倒な問題になると分かりきっている公女は、すぐさま公国へ帰されてしまうだろう。

——彼を知るだけの時間がほしい。

秘書官という位置を手放したくない。肖像画にはなかった笑う姿をもっと見たかった。

ルフィーナはベッドに寝転んでいるリナを振り返り、首を横に振る。

「皇子殿下に頼むなんて恐れ多いわ。秘書官としての地位名は使用させていただくとして、あとは郵便の担当部署に頼んでみるから、場所を教えてくれない？」

「そう。教えるのは明日ね。じゃ、おやすみ～」

「おやすみなさい」

ルフィーナも手紙の封をしてから自分のベッドに入る。それなりに造りの良いベッドだと思うが、彼女にしてみればマットの感触がずいぶん硬かった。育った環境のなせる業《わざ》だ。

――大した問題じゃないわ。こういうのは、次第に慣れてゆくものだもの。

上掛けを被ると目を閉じた。

あまりにも環境の変化が大きくて、精神が悲鳴を上げている。

それでもこうしていられるのは幸運だとしか思えない。

無断で室内に入ったことも、ぎこちない態度で接したことも、ヴィルハルトは咎《とが》めなかったばかりか、ルフィーナに彼の人となりを知る機会という幸運をくれた。

彼の思惑は不明でも、結果として傍にいられるなら上出来だ。

脳裏に浮かぶのは、彼の姿、そして声音だった。

――聞きたかった声。身体全体に染みわたるような声だった。人に命令するときは、あんなに身体に響くのね……。怖かった。笑顔の方がずっといいわ。眼鏡を落としたのって、そんなに可笑《おか》しいことかしら。

もしかしたら、眼鏡のガラスに度が入っていないことを気づかれたかもしれない。

——お父様に手紙が届けば、きっと雪深い中でも駆けつけて来られる。……ご心配掛けて申し訳ありません。お父様。ヴィルハルト様は肖像画通りでとても素敵でした。

ふぅっと眠ろうとしたが、同室のリナの存在が気になって結局眠れない。

彼女は公女として、誰かと同室になることなどあり得ない生活をしてきたし、前世でも、恋人の隼人とは同棲《どうせい》をする前で一人暮らしだったのだ。

——そのうちきっと眠れるわ。だって、仕事をするんだもの。

皇帝宮での最初の夜は、未知の扉を開けるわくわく感でいっぱいだった。

夜半遅くにようやく眠ったにも関わらず、ルフィーナは夜が明けてすぐのころに起きた。

ちょうど良いので、体力の底上げを目指して軽い筋力運動をしようと動き出す。

リナを起こさないようベッドから下り立ち、カロリーヌが他の荷物と一緒に届けてくれた母親の乗馬服を取り出して着用する。上着もあるのでこれくらいの寒さなら大丈夫だ。

ルフィーナは細心の注意を払って音を立てないよう扉を開け、廊下へ出た。

問題はここからだ。これから毎日ストレッチをやろうと考えるなら、短時間でいいので誰も来ない場所を見つけなければならない。

——北側の庭はどうかしら。寒くなってきているから誰も来ないでしょうし。

ルフィーナが部屋から出て扉が閉まると、眠っていたはずのリナの目がふっと開く。

彼女も起き上がって素早く着替え、ルフィーナのあとを追って部屋を出た。

軽い運動をしてから部屋まで戻る。一時間もかからないのは、長時間の運動はまだ無理だと思うからだ。

戻った時点で、朝番だと言っていたリナはすでにいなかった。侍女には夜中の待機があるので、夜番と朝番の二部制だと聞いた。晩餐のときに交代するらしい。

服装を整えてヴィルハルトの執務室へ行くと、机のところで執務椅子に座って書類を眺めていた彼に、就業について説明を受ける。

「仕事に慣れるまでは、朝はいまの時間に来てくれ。私の予定次第になるが、夕方あたりで終了だ。夜の催しがあれば上がるのはもっと早い。無理はするなよ。潰れられるのは困る」

「はい」

『潰れられるのは……』のあたりで鋭くなった銀眼に睨まれたので、怒っているのかと錯覚しそうだったが、ただの注意事項だと思いなおす。恐らくこれが彼の表の顔だ。

――笑い顔も見たから、少しくらいきつい感じでも大丈夫。

眼鏡が落ちたときの笑みを命綱《いのちづな》代わりに思い浮かべると、気持ちが楽になった。

「では、始めよう」

「よろしくお願いします」

「最初はこれだ。宰相《さいしょう》のところへ持って行け。印璽《いんじ》は押したから、内容については皇帝陛下に最終確認をするよう伝えろ」

机の前に立った彼女に、早速書類の束が差し出されるので慌てて受け取る。

必要な物を渡して指示を出せば、この件に関する彼自身の動きは終了とばかりに、ヴィルハルトは机の上に目を落として次の書類を見る。

「ヴィルハルト様、宰相閣下はどちらにおられるでしょうか」

ふいっと顔を上げた彼は起伏のない声で答える。

「場所くらい君の自力で辿り着いてくれ。皇帝陛下の部屋、または宰相の執務室、または兵舎、その他のどこかにいる。私に時間を取らせるな。伝言は一言一句間違えるなよ」

「は、はいっ」

そして再び机の上へ視線を落とす。その時点でルフィーナの動向には微塵も注意を向けない。笑みなどない。少しもない。あるのは厳しさだけだった。

ルフィーナはくっと顎を引くと、一礼してヴィルハルトの執務室を出ようとした。と、そのとき、後ろ背に彼の声が掛けられる。

「いいか、走るな。疲労を感じたら適当な部屋で休め。その服のボタンが、私付きの秘書官だと証明する。空き部屋ならどこへ入って休んでいても、誰もなにも言わない」

振り向いてもヴィルハルトは机の上から目を放さない。ルフィーナはそこでもう一度礼をすると、抱えた紙束を持って扉から廊下へ出た。

廊下には、扉の両側に皇子殿下付きの近衛兵《このえへい》が二人立っている。

彼らは、寝室を含んだ彼の居室の扉の前で誰も入らないよう守っている他の近衛兵にヴィルハルトを渡すまで、常に離れず彼の後ろを付いて動く。

近衛兵には、余計な会話はしないという規則があると思うので、ルフィーナは扉の所で立っている彼らには尋ねず、頭の中に入れた皇帝宮の地図を頼りに歩き出した。

——走るなと言われた。……第四秘書官は、仕事量の多さで潰れて退官、だったのよね。私がそうならないよう先回りして注意されたんだわ。

部下を潰したことを後悔しているのかもしれない。二度と同じ失敗はしないと考えたなら、上に立つ者として非常に優秀だと思える。最初からなんでもできる者などいないし、大切なのは同じ失敗をしないことなのだ。

——侍女のときは『おまえ』で秘書官は『君』。……婚約者なら？

どういうふうに呼ばれるのだろう。もっとも、すでに婚約者ではないのだが。

あちらこちらへ顔を出しながら、その度に教えてもらってなんとか宰相に書類と伝言を渡した。これでこの件は終了となる。

金ボタンのお蔭《かげ》で、どこへ行ってもすぐに秘書官だと分かってもらえた。

執務室へ戻れば次が待っている。

「第一分隊の中隊長に渡してくれ。巡回のコース変更についてだ。君も見ておけ。いずれ確認するときが来るかもしれない」

「覚えておけということですね」

「できないか？」

　ヴィルハルトは顔を上げて彼女の方を向く。鋭く見てくる視線の中に、できないと言ってもいいぞという柔軟さはなさそうだ。きっと、できないとなれば直ちに無能の烙印《らくいん》が押されて叔母のところへ戻される。

「できます」

　真剣な視線を投げ返して応える。ヴィルハルトは、ほんの少し目を細めた。

　中隊長は、憲兵場か兵舎にいると思ったら、休憩用のたまり場にいた。そこで渡す。

「こりゃまた……、美少女の雰囲気、だけ？　おさげに眼鏡かぁ……、それ取ったら？」

　いきなり手を伸ばされたので思わず眼鏡を押さえて一歩下がると、周囲が笑った。

「結構素早いじゃないか」

「細いな。皇子殿下の秘書官ね。あったまいいんだろうねぇ。名前は？」

　周囲にいる下士官たちに次々と聞かれた。

「フィーナ・トゥトです。新人です。どうぞよろしくお願いいたします」

　眼鏡を押さえつつぺこりと頭を下げると、やんややんややんやの歓声が上がった。

「フィーナちゃん、こちらもよろしくねー」

気のいい者たちだった。グレイド帝国に仕官しているから皇子に対しても仕えるというだけでなく、ヴィルハルト個人への忠誠心が透けて見えた気がしてなんだか嬉しい。

こういう調子で次から次へと皇帝宮の各所へ書類を配ってゆけば、さすがに場所を覚えて地図を思い浮かべる時間も減ってゆく。

歩く量が増えた加減で息が上がってくると、次は書棚の整理をするよう言われた。

ところが、同じ場所にいてさほど動かないというのに、それでも呼吸が荒くなってくる。体力がないのが哀しい。

すると、お茶を淹れろと言われる。なぜかソファを指され『私に出したら、そこで君も飲むように』と命じられた。硬い表情で言われて、怒られた気持ちになってしまう。

ソファに座って自分で淹れたお茶をこくんっと飲むと、身体から力が抜けてふぅと長い息が出た。そこでようやく休憩時間なのだと気が付く。

ルフィーナが顔を上げると、ヴィルハルトは彼女の淹れたお茶を飲みながら、手で持った紙をひらひらと持ち上げて眺めていた。彼は休憩時間ではないらしい。

思わずにはいられない。

――疲労回復に役立つハーブもあったはず。勧めてみたいけど、断わられそう。余計なことはするなとか。大体、新人の勧めるものなんて、危なくて口に入れられないし。『笑い合って話をして一緒にお茶を──』なんて、本当に夢でしかないのね……。

叶えられそうもない遠い夢の情景。

──笑い顔はあったんだもの、諦めなくてもいいですよね。願うだけですから。

心の中で誰にともなく言ってみた。

ルフィーナは、廊下を歩きながら考えたことを、もう一度頭に巡らせる。

──秘書官が足りない。量に見合うだけの補助がない。どうしてこれほどヴィルハルト様のところへ集中しているのかしら。分散させないのは、彼自身の判断なのかな。

大臣が複数いて会議もあるらしいが、宰相のところで『このごろ皇帝陛下は病気がちでいらっしゃるので、ヴィルハルト様が陛下の代行を務めておいでなのです』と聞いた。

──これでヴィルハルト様が倒れたら、帝国は瓦解《がかい》するのではないかしら。

すぐに壊れる大きさではないが、誰が主導権を握るかで内部紛争は免《まぬが》れ得ない。

彼の決断一つで全体が動く。その決断に責任を負うことを考えるなら、仕事の分散は難しいのかもしれない。

こんな状態の中でも、彼はルフィーナの疲労を考え、お茶を飲む時間をくれる。

仕事にしても、最初の日なのにあちらこちらを回らせたのは、新秘書官の披露目《ひろめ》もあると思う。内容自体は簡単なものばかりだった。

──私のため？　いいえ、新しい部下のために。

ルフィーナの眼に次第に力が籠ってくる。机のところで頬が強張《こわば》りそうな大量の書類の処理をしながら、微塵も表情を曇らせない彼を食い入るようにして見つめた。彼がどういう人なのかを知るために。

太陽が西に傾いたところで、ヴィルハルトは腰を上げる。

「今日はここまでだ。私はこれから着替えて夜会だ。こちらにはもう戻らない。フィーナは部屋へ戻れ」

「まだ明るいので書棚の整理をします」

「……では、陽が落ちるまでだ。明かりとり油を無駄にするなよ」

油の件は、たぶん部屋へ帰らせるための理由付けだ。ルフィーナは侍女式にお辞儀をする。

「分かりました。行ってらっしゃいませ」

ヴィルハルトは規則正しい靴音をたてながら執務室から歩き去った。

夢中になって毎日を過ごすうちに五日経った。

ルフィーナの十八年間が、己の部屋からほとんど出ずにベッドで横になって過ごす時間ばかりだったのを思うと、打って変わって仕事をする日々は本当に楽しい。しかし、夢中になりすぎるのは、彼女の大きな欠点でもあった。

『仕事』の一言に敏感に反応してしまう自分は、前世でどれほど仕事中毒だったことか。

有難《ありがた》いことに、突っ走りがちなルフィーナをヴィルハルトがコントロールしてくれる。

それを感じられることに感動する。公女というだけでは見えなかったことが、前世の記憶を蘇らせたいまの自分には理解できるのだ。

――魂が目覚めたから、ヴィルハルト様のことが見えるんだわ。もしも、ひ弱な身体と心のままだったら分からなかった。皇帝宮まで来ることもなかったのよね。

驚いたことに、数日間傍にいただけでヴィルハルトを尊敬する気持ちが生まれている。憧れて好きだと慕《した》う対象が、姿よりもその内面へと向かっていた。

誰もが大切に守り育てたであろう皇帝のただ一人の後継者が、軟弱に育たなかったのは奇跡のような気がする。

――だけど、笑わないのよね。普段の生活では、そういう暇もないのかしら。

眼鏡を落としたときに笑みを見たことも奇跡なのかもしれない。

いまはとにかく、彼女にとって忙しい毎日をこなしてゆく。

ヴィルハルトの執務の細々《こまごま》としたことを知り、指示命令を受けることで皇帝宮内を知り、部署を知り、そこで働く者たちと顔見知りになってゆく。

同時に、皇子の新しい秘書官として『フィーナ』の姿や名が、皇帝宮のいたるところで知られていった。

そうした彼女をヴィルハルトは執務机の向こうから見ているようで、たまに奇妙なほど目が合う。それはもう、息苦しくなるほどの強い視線で見られていた。

五日目のその日も、書棚を片付けているときに視線を感じて振り返ると、ヴィルハルトが彼女をじっと見ている。

「なにかご用ですか？」

「いや。その書棚はどれほど整理しても片付かないな。君でもそうなら、他の者を入れても無理ということか」

ルフィーナは目を見張る。

──『君でも』？　こ、これは褒め言葉ではないかしら。

照れなのか羞恥《しゅうち》なのか分からないが、自分の頬が熱くなってきたので、誤魔化《ごまか》す意味もあって前から考えていたことを話す。

「書棚の上部にはまだ空きがあります。滅多に使わない専門書とか、古いけれど捨てるにはまだ必要があるかもしれない資料を移動させてはいけませんか？　高座の脚立を使えばできます。目録を作って、それを下の方に置いておけば、昇らなくても場所を掴めますし」

「誰が移動させるんだ。裾を捲《めく》り上げるつもりか。それに、スカートで高座の脚立では危ないぞ。君には許可しない。そのうちシュウが復帰するから、奴《やつ》にやらせて君は下で場所を誘導しながら目録を作れ」

　彼の口から呼び慣れた様子で知らない名前が出たので、思わず黙った。

　一呼吸置いてから、ルフィーナは小首を傾げて訊く。

「シュウ？　どなたでしょうか」

「第五秘書官だ。いまは、自動的に第一秘書官に格上げになっているな」

「……朝起き上がれなかった人ですか？」

　ヴィルハルトの口角が微妙にひくついた。あ、笑いそう……と思ったが、彼はすぐに表情を硬くして『そいつだ』と言った。

　一体、彼の笑いのツボはどこにある。探りたい気持ちが込み上げて仕方がない。


　その夜、お湯が手に入ったので部屋でリナとお茶会をした。

　ポットやカップ、茶こしなどは叔母が届けてくれた荷物に入っていたので、ポットを持って調理場へ行くだけでよかった。ショールに包んで持ち運んだ。

　丁寧にハーブティを淹れる。エルト公国から持ってきたのはカモミールだ。

　リナの机の上に置いたとき『フルーティな香りね。私、これ好きかも』と言ってくれた。

「風邪の引き初めにとてもいいの。それ以外にも鎮静作用と健胃作用に優れていて、不眠に対しても効果が……」

「分かった、分かった。さ、飲みましょ。フィーナは蘊蓄《うんちく》が好きね。美味しければそれでいいじゃないの。うーん、ほんといい香り」

つい語ってしまうルフィーナを軽くいなして飲んでくれる。

エルト城の中に閉じこもって暮らしてきたルフィーナは、人とどう接していいのか分からない。かろうじて前世の記憶を頼りに言葉を綴っているが、それですべてをカバーすることはできなかった。

リナが受け入れてくれるから、同室生活も成り立つのだと自覚している。

「美味しいわよ。今度、厨房からクッキーを持ってくるから、それに合わせてみようか」

「いいの？　怒られない？」

「いいのよ、それくらい。フィーナは堅いって。そこがいいんだけどね。寝首を掻かれないか心配する必要がないのはいいわ」

ルフィーナは唖然としてリナを眺めた。あっけらかんとしながら、その口から出てくるのは、侍女として見聞きした噂話や、ルフィーナには信じられないような皇帝宮の習慣だ。

「昨日はね、醜聞《しゅうぶん》まみれの伯爵夫妻がそれぞれ浮気した相手を連れて歩いていたら、廊下でばったり出逢って大騒ぎ、なんてことがあったみたいよ。あそこの侍女は知り合いなの。詳しく教えてもらったんだ。結局元のさやに戻って仲の良い伯爵夫妻を演じているけど」

ルフィーナは『え？　そうなの？　ほんとに？』などと言って聞くばかりだ。

皇帝宮には、彼女が接したことのない社会通念や驚くべき習慣があるようだった。

それに染まるかどうかは本人次第だと思うが、リナによればルフィーナは染まれないタイプだという。

「フィーナは、渦中《かちゅう》に入ってはダメな人よ。上手く身を処《しょ》せない者は、宮廷内の習慣にはついてゆけないわ。あなたは遠くから眺めているのがお似合いだって」

ルフィーナのようなタイプは、下手に渦中に入るとひたすら騒ぎを大きくするか、周囲をとんでもない状態にするかのどちらからしい。

「……そうかも」

なんだか納得してしまう。

そのまま夜中過ぎまでお喋りをした。

「また、夜のお茶会やろうね。ハーブっていうの、そのうち帝都にないか探してみるわ」

「ええ。なくなっても国から取り寄せられないから、あれば助かる」

顔を見合わせて明るく笑いながら、これでは騒がしかったかもと互いに肩を竦《すく》める。隣の部屋の人に迷惑を掛けてしまったかもしれない。今後は要注意だ。

興奮もあり疲れもありで、その夜ルフィーナは熟睡した。

公女ルフィーナに友達などいない。

身体が弱くて、父親が娘の友人役をする少女たちを連れてきても、結局彼女たちの動きに付いてゆけない。社交界をよく知らないせいで、話すこともなく黙り込んでしまっていた。ルフィーナは、さほど年の違わない女性とこうして向き合って話ができることが本当に楽しくてたまらなかった。


それからすぐに、長らく休んでいた件《くだん》の秘書官と顔を合わせた。

ヴィルハルトの執務室で本人から名乗りを受ける。

「俺が第五……いや第一秘書官のシュウ・レミングだ。シュウと呼んでくれ」

「フィーナ・トゥトです。どうぞお見知りおきを」

「フィーナと呼ばせてもらうよ。しっかし、細いな。これで務まるんですかね」

シュウからすれば大抵の者は細い。彼が太っているというのではなく大きいのだ。身長も体格もがっしりした印象の男だった。年のころは、ヴィルハルトと同じくらいか。

ブラウンの短髪と瞳を持ち、態度も言葉遣いもざっくばらんで秘書官らしくない。

しかも、礼儀を失するぎりぎりの動きでルフィーナを上から下までじろじろと眺めた。

「ふーん、女性秘書官ですか。女性秘書官ね。女性……」

三度も繰り返されると、さすがに見下されているようでむっとした。

「そうです。『女性』秘書官です。それが、なにか」

一歩前へ出て大仰《おおぎょう》な所作《しょさ》で見上げれば、シュウは大きな身体に似合わず背を引いてのけ反ると、両手を前にしてわたわたと振る。

「いや、珍しいから。それだけだ、それだけ」

「たじたじだな。お前のそういうところは初めて見たぞ」

割って入った声はヴィルハルトのものだった。ぱっと振り返ると、可笑《おか》しそうに声もなく笑っていたので、ルフィーナの方が驚いてしまった。

――ツボは、笑いのツボはどこだった？

相変わらず美しい微笑……ではなく、爆笑に近い。今にも机の上に伏せてしまいそうだ。

「……笑っているんですか。へぇ、珍しいこともありますね」

目を見開いたシュウがぼそりと呟くと、ヴィルハルトは直ちにいつもの硬く鋼《はがね》のような皇子殿下に戻る。もっと見ていたかったのにと、思わずシュウを睨んでしまった。

シュウにはそうした気安い態度を取りたくなる親しみやすさがある。嬉しいことに、フットワークが軽く良く動くし、ヴィルハルトの指示の先回りまでしてみせた。

どこまでも親しげに声を掛けられるのでつい明るく受け答えをしているが、ライバルの同僚に対する気持ちが湧き上がってしまうので困った。

――もっと頑張る。でもまずは体力よね。そうでないと、ヴィルハルト様に仕事内容を調整されてしまうもの。それでは足を引っ張ることにもなりかねない。

ヴィルハルトが彼女をよく見ているのは、疲労具合の確認かもしれないとふと思った。

そして、十日、十一日と過ぎてゆく。

一体最初の目的はどこへ行ったのだと問い質したい日々を過ごしている。

季節は初冬になり風も冷たくなっていたが、ルフィーナは朝のストレッチを欠かさない。

ある朝、彼女がむくりと起き上がって窓へ目をやれば、雨が降っていた。

——エルト公国ではもう雪が降っているわね。

寒くなってきた朝は、もっと寒い故郷から遠く離れているのを実感する。

リナは遅番らしく、横のベッドでまだ寝ていた。最初のうちこそルフィーナが動き出しても眠ったままだったが、このごろはわずかに意識を浮上させて眠そうな目を向けてくる。

「おはよ、フィーナ。今朝もやるのね。体操だっけ？　毎朝なんて、よく続くわね」

眠っていると思っていたが、リナは毎朝やっていることに気が付いていた。

「おはよう、リナ。ストレッチとヨガと筋力運動ね。とにかく、続けることに意味があるの。虚弱だった身体を少しは強くしたいのよ。特に体力をつけたい。今まで甘やかされてきた分、普通の人よりもたくさんの努力が必要なのよね」

リナに笑い掛けてから、ルフィーナは乗馬ズボンに足を入れる。

「フィーナは相変わらず細いね。もっと食べなよ。私たちと同じ食堂じゃなくて、あなたは秘書官として上級官吏《かんり》たちと同じ食堂で食べているでしょ。美味しいと思うのよね」

「これでも、前よりずっとたくさん食べているの。ただね、筋肉がつくのが先みたい」

「ふーん。そういうもの？　あ、そうそう。今日は雨でしょう。庭は無理だよ。北側の渡り廊下でやるのがいいんじゃないかな。一階なら樹木で人の目も届かないし、雨で見え難いし。おまけに、今日の見回り当番の一人が風邪で休むみたいだから、あちらは手薄みたいだしね」

ルフィーナは驚いて少しばかり目を見張る。

「ありがとう。そうする。それにしても巡回の状態なんて分かるものなの？　リナは、相変わらず皇帝宮内のこと、よく知っているのね」

リナは目を閉じてごそごそと上掛けの中に潜り込んだ。少し聞こえづらい声が届く。

「侍女の横繋がりはすごいってこと。……噂話は千里《せんり》を走るしね」

ルフィーナは、リナの言葉に奇妙な感触を持ったので、首を傾げつつ手を振って部屋を出る。

廊下へ出て扉をぱたんと閉めると、自分がなにを疑問に感じたのか分かった。

──千里を走るのって『悪事《あくじ》』じゃなかったかしら。

彼女の覚えでは『悪事千里を走る』だ。

──私の方が間違っているかもしれない。あとで調べてみよう。

ルフィーナは奇妙な感触を振り捨てて、リナが教えてくれた北側へ向かう。

東の棟と北の棟を繋いでいる二階建ての渡り廊下は、皇帝宮では最も北側になり、このあたりには重要視されるような部屋もないので人がほとんどいない。

特にいまは初冬なので、天井と二階部分を支える柱はあっても壁がない廊下の一階は、冷たい風の通り道になっている。これでは誰もが避ける。

最初は軽く始めて徐々に熱中してゆく。軽い段階では脳裏で様々なことを思い巡らせることも可能だった。このごろは、前日の仕事に関するおさらいをしている。

——昨日は……割と上手く回せたかしら。会話におかしなところはなかったわよね。

一つ一つ思い出してゆく。

『こちらにサインをお願いします。東の要塞《ようさい》に補修が必要だとありました。詳細については添付資料を作っておきましたので、ご確認ください』

資料を捲《めく》りながら、ヴィルハルトはすぐに問題点を捉える。

『やっておいた方がいいな。東の隣国のガリア王国とは、このところぶつかる要素が山盛りだ。下手をすると小競《こぜ》り合いになる。見積もりを出すよう工務部に伝えろ』

『それはこちらです。必要が出るかと思いまして先に担当部署に頼んでおきました』

ふっと動きを止めたヴィルハルトは、執務机の向こうから、前に立つルフィーナを見上げる。ヴィルハルトが執務椅子に座れば、さすがに立っているルフィーナより頭部が下がるので見下す形になる。それは少しばかり楽しい状態だ。

——髪がとても綺麗《きれい》。

余所事《よそごと》に目がいってしまうのが困りものだが。

『ヴィルハルト様。ガリア王国とぶつかる要素とはなんですか？』

そこで少し言いよどんだヴィルハルトを見て、ルフィーナは珍しいこともあるものだと考えた。彼女に教える必要のないことは、『気にしなくてもいい』といつもはっきり言われる。

『国境沿いにある鉱山の利権で揉《も》めている。商人がどちらの国の法に従うか、税はどこに納めるのか、確定していない。結局商人たちの胸先三寸《むなさきさんずん》になっているのが現状だ』

『そうですか』

『鉱山の件はシュウに任せている。ガリア王国に関することに、君は手を出すなよ。フィーナは要塞の補修の件までとする』

『はい』

仕事領域の明解な線引きは必須なので、それ以上食い下がることはしなかった。東の要塞の件は、そこで次の指示待ち保留だ。

——落としはないわね。よし。

ストレッチをこなしながら、ルフィーナはふぅ……っと長い息を吐いて背を起こす。

石畳になっている床に敷く厚手の布も持ってきていたが、小雨のせいか湿気がきている。被ってきたショールを眼鏡と一緒にまとめて置いていた。濡《ぬ》れそうで少し気になったので、ちらりと目線を流したところで、誰かが後ろに立っているのに気が付いた。

驚いて立ち上がると、少し離れたところにヴィルハルトがいる。ルフィーナは慌てた。

「ヴィルハルト様っ、どうしてこちらへ？　見ていらしたのですか？　早朝は苦手でいらっしゃると聞いていましたのに」

雨が掛かったのか前髪がしっとり濡れて乱れていた。ヴィルハルトは頭をふいっと振って、額へ流れた前髪を払う。洗練された仕草に視線が吸い寄せられて離れない。

――偶然？　通りかかっただけ？　ここは、偶然通るようなところじゃないのに。

ルフィーナの疑念を余所に、ヴィルハルトは問い掛けに答える。

「昨夜は皇帝宮の催《もよお》しがなかったから、今朝は早く起きられたので見に来た。『珍妙なことをしている者がいる』と教えられたんだ。どうしてこんなことをしている？　体術とも違うし、受け身の鍛錬でもなければ、攻撃できる技でもない」

「体力をつけるためです。幼いころからずいぶん虚弱でした。せめて人並みに動ける身体になりたくて、軽い運動をしながら、少しずつ食べる量を多くしてきたのです。今はやっと、これくらいの動きができるだけになりました」

「幼いころは虚弱だった……。そうなのか」

「はい。つい最近までよく寝込んでいました。父に真綿で包むようにして育てられたので、その分体力がないのです。愛情はいっぱいでしたから感謝していますけど。丈夫になるのも親孝行ですから、そのためにも毎日軽い運動をしている次第です」

基礎力を上げるというだけで自慢などではないが、話しているうちになんだか照れてしまったルフィーナは、次第に俯いていった。頬が熱い。

「フィーナ」

　静かな声に包まれて、彼女の肩がひくりと上がる。顔を向ければ、ヴィルハルトの眼が優しげに細められていた。相貌《そうぼう》がとても魅惑的で胸がどきんっと高まってしまった。

「それで、まだ続きがあるのか？」

「次はヨガです。大した動きではないのですが」

「ヨガ？　見せてくれ」

　宮廷女性は絶対にやらない格好になるから恥ずかしい。しかし、ここでやめては毎日続けてきた意味が薄れてしまうので、ルフィーナはとりあえずヨガをこなした。

「身体が柔らかいな」

「そうですか？　これくらいなら誰でもできると思います」

「いや、難しいと思うが。私もやってみたい」

　ヴィルハルトの予定を耳に入れているから分かるが、彼は剣の訓練もしていたし、防御と攻撃を取り合わせた体術の時間も取っている。朝のストレッチやヨガなどまったく必要もないくらいに身体の基礎はできているから、好奇心としか思えなかった。

　――興味で動く方だったかしら。ここは、平らな石が敷き詰められているといっても、土と変わらないのに、その上に皇子殿下が腰を落とすなんてこと、いいのかしら。

　目を丸くしていると、ヴィルハルトは豪華で重そうな上着をぱぱっと脱いだ。白いドレスシャツ姿になって、ルフィーナの隣に腰を落とす。

しなやかな筋肉の動きがシャツの上からでも分かる気がした。

「それで、まずはどうすればいい」

彼女を見てそっと笑った。いつもの冷たい空気が一気に爽《さわ》やかになる。

――笑った……。笑いのツボはどこにあったのでしょうか。いいえ、深読みはいけないわ。

ただの笑みというだけなのに。でもそれでは愛想《あいそ》笑い？　まさか。

思考は千々《ちぢ》に乱れたが、顔に出さないでいるのが精いっぱいだ。

それからしばらくは、こうしてああしてと二人で同じ動きをした。彼も身体が柔らかい。

「そろそろ上がります」

息が早くなっていた。たったこれだけでと思うとかなり情けないが、以前よりも長く続けられているので良しとしたい。次は、かねてより用意していた紐《ひも》で、縄跳びができそうだ。

立ち上がって置いていたショールに手を伸ばしたところで、はっと気が付いた。

――眼鏡をしていなかった……っ！　そういえば私、乗馬服じゃない？

眼鏡には度が入っていない。掛けていなくても違和感がないので忘れていた。

乗馬服は、公妃であった母の持ち物らしい最上級のものだ。一般庶民が持てるような品物ではなかった。言い訳を考えなくてはならないのになにも浮かばない。

慌てた拍子に、ショールの上に載せていた眼鏡がカシャンと落ちた。ルフィーナが落ちた眼

鏡を凝視している間に、彼の手が先に床石へ伸ばされる。

恐る恐る顔を上げれば、ヴィルハルトが拾い上げた眼鏡を差し出した。ルフィーナは無我夢中でそれを受け取り、大急ぎで掛けると彼を見る。

「あの……」

ヴィルハルトの口角が上がり目元が次第に柔らかくなってくる。

あ、と思った。笑いそうだ——と。

声もなく気配も薄く、それでも彼は予想通りに微笑した。

「君を見ていると笑いたくなるときが多い。どうしてかな。私はずっと帝王学ばかりで、表情を出すなと言われてきたから、笑わないようにしていた。そのうちに面白いと思うこともなくなって、笑い方さえ忘れたというのに」

笑いのツボは——私？

ヴィルハルトは手を伸ばして唖然としているルフィーナの頭上にポンと置くと、乱れた髪を整えながら撫《な》でた。ルフィーナは言葉もなく彼を見上げるばかりだ。

やがてヴィルハルトはいつもの硬い表情に戻り、執務室での声音で言う。

「私も戻らなくてはな。侍従が探しに来る。君はどうする？」

そういえば絶対に近衛兵が近くにいるはずだと思い至ってルフィーナが見回すと、建物の陰に立っているのがわずかに見えた。

――彼らにも見られてしまった……っ。は、恥ずかしい……。

近衛兵の口が軽いとは思わないが、皇帝宮ではどういう秘密であってもいつかは漏《も》れると叔母も、ビアーチ家の侍女頭も言っていた。リナもだ。

「着替えなくてはいけないので、私も行きます。お付き合いありがとうございました」

ヴィルハルトは上着を持つと、片手を上げて歩き去ってゆく。

その背が見えなくなるまでじっと見つめていた。

『君を見ていると笑いたくなるときが多い』

何気ない言葉なのに心に響いて仕方がない。

ルフィーナと関わることで笑いの衝動が生まれるなら、それだけで彼の傍にいる意味があるように思えた。


その日以来、毎朝の軽い運動のときに、たまにヴィルハルトが混ざる。

前日の夜に皇帝宮の催しがなにもないときは早朝に起きられるとかで、彼の予定を把握しているルフィーナには、いつ現れるのか予測がつきやすい。予測がつけば待ってしまう。

軽い運動を一緒にするだけの朝。顔を見て、挨拶を交わして、それだけ。

ただ彼は、そのときばかりは、執務室での表の顔だけでなく笑みを見せてくれる。

「おはようございます。ヴィルハルト様」

「おはよう、フィーナ。それはなんだ」

「これは縄跳びの紐です。縄跳びというのは……見ていてください。すぐに分かります」

皇帝宮での日々は、やりがいがあるだけでなく楽しくて、嬉しくて、最初の目的はどうなったのか、その点についてはしばらく目を瞑《つぶ》ってしまいそうだ。

見る見るうちに時が過ぎて、一か月が過ぎようとしたある日のこと。

執務机の上にある大量の資料を整理していたルフィーナは、ある書類を見て動きを止めた。

ヴィルハルトが訊いてくる。

「どうした。その書類になにかあるのか？」

「以前から思っていたのですが、財務関係の書類はとても読みにくいです。数値が合わない部分があってもこれでは分かりません。やり方を変えて書き直してはいけないでしょうか」

「変えれば、読みやすくなるのか？」

前世では秘書として決算書も見ていた。簿記《ぼき》の知識も少なからず持っている。

——証明書類に基づいた数値によって帳簿をつける、というのは同じだから、簿記の形に直せばもっと分かり易《やす》くなると思うのだけど。

かなり大変そうだが、できないことはない。数字はこちらでも十進法《じっしん》だったからだ。

「たぶん、ですが」

「では、フィーナが考える方法で疑問に感じたところをやり直してくれ。ただし、執務室内から書類を持ち出すのは禁じる」

つまり、部屋に持ち帰ってはならないということだ。リナと同室なので、皇帝宮内のお金の動きから国庫に関するものとなれば、確かにまずい。

「どれくらいで、できそうだ？」

執務机の向こうに座るヴィルハルトが、いままでになく真剣なまなざしでルフィーナを見ていた。冴《さ》え冴《ざ》えとした刃物のような視線が突き刺さる気がする。

「食品類に限らず全体を見るなら、半月ほどでしょうか。そこのテーブルを貸してください」

「武器庫も要塞の補修も入るな。必要なら君専用の執務机を入れよう。やってくれ」

「はい。新しい机は必要ありません。ローテーブルで事足ります。あの、以前よりヴィルハルト様が細かく財務諸表を見ておられたのは、なにか不審な点があったからでしょうか」

ヴィルハルトの視線がきつくなって、なにを考えているのかさらに分からなくなる。怖い雰囲気に晒されて、心臓がきゅうと縮みそうだった。

そこへシュウのゆったりとした声が入る。

「そろそろ昼を食べに出てもいいですかね。フィーナと一緒に行ってきます。殿下はいまから出掛ける予定が入っていましたよね。部屋を二時間ほど空けても大丈夫でしょう？」

――一緒に？

「構わない。好きにしろ」

執務椅子から立ったヴィルハルトは、扉へ向かって歩き出した。ルフィーナと並んでその背を見送っているシュウは、彼女にぼそりと訊いてくる。

「いまからの殿下の予定は、なんだったかな」

予定を知っていての言動だと思ったので、ルフィーナは呆《あき》れた様子でシュウを見上げた。

「チタン公爵様のサロンで若い画伯たちとの討論会が予定されています。夕方には衣装室へ行かれて、晩餐会のための入浴とお着替えですね」

ちらりと振り返ったヴィルハルトの目元がふっと穏やかになる。先ほどのきつい視線とは大違いだったので、ルフィーナは小さく息を吐いて緊張を解いた。

シュウが抜けたことを言うのは、ヴィルハルトの鋭角な態度や雰囲気を少しでも和らげるためだと最近分かってきた。周囲で仕える者たちのために、シュウは抜けたことをやるのだ。

ヴィルハルトはルフィーナに尋ねる。

「では、私の明日の予定は？」

「朝から大臣たちと御前《ごぜん》会議です。そのあと商人とのご面会が組まれていました。あの、侍従長がこちらへいらしたときに、たまたま耳に入れただけで、詳細を書いた紙を見たわけではありません。違っているかもしれないので侍従長にご確認ください」

「確認の必要はない。シュウ。食事はゆっくりでいいぞ」

ヴィルハルトが両開きの扉に向かって『出る』と言えば、廊下側で待機していた近衛兵が扉を開ける。最初にこれを見たときは自動ドアかと驚いた。最近は見慣れてきたが、いつも水が流れるようにして扉が開く。

ヴィルハルトは執務室を出て行った。

――『確認の必要はない』というのは、褒め言葉ですよね？　そうですよね？

誰かに確かめたい気分になってしまう。

口元に微笑を浮かべて扉を眺めるルフィーナを、隣のシュウが促《うなが》した。

「お許しも出たことだし、行くか」

「私は了解しておりません。……ですが、『女性』事務官でも同僚ですから、たまには、ご一緒に食事というのも、いいかもしれませんね」

「こだわるな」

ははは……と笑うシュウを見上げて、ルフィーナも感謝の意を込めてにこやかに笑った。

実は、彼に訊きたいことがあったので、この誘いは渡りに船だった。

二人連れ立って二階の食堂へ向かう。

上級官吏用の二階の食堂は、侍女たちが使う一般用の半地下食堂よりも、広いスペースが取られている。好きなものをトレイに載せ、端のテーブル席へ着けば、内緒話も可能だ。

ヴィルハルト付き事務官の近くは、問題に巻き込まれる可能性を考えて誰も近づかないので、食堂自体は混んでいても彼女たちの周囲は人が寄り付かない。

焼き立てパンと日替わりのスープ、それにサラダをトレイに載せたルフィーナは、山盛りのパンと肉とサラダ、それにシチューに揚げポテトが載せられている二つのトレイを持ったシュウのあとについて端の席に座った。

すぐに食べ終えたルフィーナは、シュウの食事が終了するのを待って訊いた。

「お誘いになったのはお話があるからでしょう？　なんですか？」

食後のお茶に移行していたシュウは、カップを一旦テーブルの上に置いて小さく笑う。表情がいつもと違って、押し隠した内面の深さを感じさせた。

これは最近考えたことだが、シュウは恐らくヴィルハルトの隠密《おんみつ》的な仕事をしている。

「殿下の予定を把握していることや、仕事をどんどんこなしてゆくのがすごいな、フィーナ。前にどこかで似たようなことをやっていたのか訊きたくなった」

――前に……。やっぱりこの人、鋭い。

「初めてです。ヴィルハルト様が調整してくださるから、上手くこなせているだけでしょう」

「それが奇妙なんだ。調整しているってどうして分かるんだ？」

「……説明しようがありません。そういうふうに感じるだけです」

うーむと唸ってしまったシュウへ、ルフィーナは笑みを載せた顔を向ける。

「では、今度は私の番ですね。シュウさんなら、『皇子殿下暗殺未遂事件』の詳細をご存じなのではありませんか？　聞かせてください」

すぅっと顔を上げて、対面に座るルフィーナをしみじみと眺めた彼は、上半身を引いて椅子の背もたれに身を預ける。

「リナかな、話したのは。殿下の近くにいれば分かることなんだが、これは一応極秘扱いになっているんだ。ただ、どうしようもなく漏れてしまっているのは否定しない。詳細はまだ流れていないから訊いてきたんだよな。ま、そのうち皇帝宮全体に流れるんだろうが」

最後は独《ひと》り言《ごと》に近い。

昨夜は部屋でハーブティを飲む時間ができたので、リナが食堂からもらってきたというクッキーを間にして、二人でたわいないお喋りをした。

お湯はストーブの上に置かれたやかんで間に合う季節になったので、実はかなり頻繁に二人で女子会をしている。ハーブは残り少なくなっていたが、保管期間も限界なので、昨夜はすべて使って風味を楽しんだ。

そのとき、リナは驚くべきことを教えてくれた。

『第一から第三の事務官はね、ヴィルハルト様の暗殺未遂事件に関わっていたみたいよ。連中を裏で操った黒幕を見つけるために、調査というより捜査段階なの。でね、手が足りないからってそう簡単に次の事務官を入れることにはならないのね』

『――――！　暗殺未遂！』

驚愕して立ち上がったルフィーナは、目の前の椅子に座っていたリナの肩を揺さぶらんばかりに詳細を訊いた。しかし、詳細は知らないという返事しかない。

そこでシュウに尋ねることにしたのだ。

皇帝宮で働く者たちには守秘義務があり、それが侍女ならなおさらのことだ。秘密漏洩《ろうえい》は処罰を受けるのに、なぜルフィーナに話したのか、その点についても本人に訊いた。

『フィーナには話しておいた方がいいと思ったからよ。事務官が関わった事件なのに、あなたをビアーチ夫人から引き抜いてまでご自分の傍に置かれたでしょ。そういう関係なら、知っていないと巻き込まれるかもって……』

『そういう関係？　は？　え？　そういう関係、ってまさか……っ。ない。ないからっ』

仄《ほの》めかされたことに対して真っ赤になって否定する。その様子から、リナはルフィーナが事実を話しているとすぐに納得した。

ため息を零したリナは、顔を伏せて額のところまで手を上げる。

『ごめん。間違えたみたい。でもね、誰でも思うよ。男性事務官は増やしていないでしょ。危険を考えれば、いまの時点で増やさないのは当然なのに、女性、事務官をねぇ……』

シュウが『女性』というところに拘《こだわ》った訳がやっと分かった。女性を下に見ていたのではなく、なぜ女性なのかという点で『そういう関係』を疑ったということだ。

ルフィーナはひたすら否定し、リナは首を傾げるばかりで昨夜は終わった。

シュウはリナが話したとすぐに察した。

「リナはたぶん他の人には話していません。私のために話したのです。それで詳細は？」

困り顔になったシュウだが、周囲を見回してから上体を前へ倒してきた。ルフィーナも心持ち彼の方へ顔を近づける。

「殿下が、貴賓《きひん》と狩りに出たときに、毒矢が大量に仕掛けられた。そのときは剣で払うのと特別製のマントが役に立ったが、かなり危なかった。実行犯は捕らえられて尋問中だ。計画したのは狩りのコースを組んだ第一と第二秘書官だった」

胸が痛い。ルフィーナは顔が蒼褪《あおざ》めて、叫んでしまわないよう気を付ける。

「第三秘書官も加担していたのですか？」

「あいつは直接攻撃をしてきた。殿下と二人きりになる時を見計らって短剣で襲ってきた。殿下の力量を知っていても、自分はそれ以上の訓練を受けた暗殺者だという自負を持っていた。結局、叩き伏せられて捕らえられたが」

ルフィーナの口から、ほぅ……と深いため息が出た。

「……ヴィルハルト様は皇帝陛下のたった一人の皇子で、皇帝一族で陛下の後継者になれそうな人物は他にいないと聞いています。ヴィルハルト様がいなくなると帝国内がすさまじく混乱しますよ。それなのに、なぜあの方が狙われるのですか」

「目的は混乱させることかもな。他国からすれば帝国内の混乱は、絶好の攻め入る機会になる。

それに、皇帝陛下は若いころ放蕩《ほうとう》の限りを尽くしてこられた。ご自身の言い訳としては、皇子の頭数を増やすためだそうだが、人妻もありだったんだ。恨《うら》まれている」

ルフィーナの目線が泳ぐ。皇帝陛下のどうしようもない噂も聞いていた。

「暗殺を生業《なりわい》としていた第三秘書官はさすがに口が堅いが、第一と第二は事件の詳細について話し始めている。連中には後ろ盾、つまり黒幕がいるってことだな」

「誰……なのでしょうか」

「さて、そこまでは俺の耳にも入らん。ただ、黒幕を捕らえるためには、相手に悟られるわけにはいかない、とは聞いたかな」

「悟られる？　黒幕は皇帝宮内にいるのですか？　国外とか遠いところではなくて」

シュウは感心したといった顔でルフィーナを見てくる。彼女は続けて問うた。

「執務室の近くに誰もいないのは、誘い出すための罠《わな》の一つだからでしょうか」

「罠というなら、そうだ。執務室には、殿下が呼んだらすぐに用を聞きに行くために、侍従たちが出入りする隠し扉がある。誰かが入って来たら、そこから覗いてなにをするかを見ることになっていた。フィーナは、すぐに書類の片付けを始めたそうだな」

「……そうです。雑然としていた書類が気になってしまって」

くっくっと笑うシュウはやがて大笑いを始めた。

「シュウさんっ。皆が見ていますよっ」

「すまん、すまん。いやぁ、優秀な事務官が棚ぼたで来てくれて助かったよ。俺一人じゃどうにもならなかった。で、なぜ執務室へ入ったんだ？　迷ったなんていうのは、なしだぞ」

これには困った。黙るしかない。

「暗殺請負《うけお》い人とも思わない。その細腕じゃな。殿下の一振りで終わりになる」

「言えません。近い内に、『なぜか』をお話しするときがきます。それまで、どうか見逃してください。答えが出たら、シュウさんにもきちんと理由をお話しできると思います」

「答えかぁ……。なんの答えなんだ？　俺に手助けできることはないのか？」

誰にも言えないことを優しく尋ねられたので、思わず口を衝《つ》いて出てしまう。

「ヴィルハルト様がどういうお方なのかが分かったら、尋ねたいことが……あ、内緒で！　すみませんがいまのは内緒でお願いします」

黙って彼女をじっと見たあと、シュウは落ち着いた様子で頷いた。

「殿下がどういう人か、一か月近く傍にいれば大体分かるよな。どうだった？　嫌な奴だったか？　事務官をやめたくなるような……そりゃ、忙しくてたまらんが」

「嫌な奴だなんて！　思うわけがありません！　皇子殿下なのに細かいところまでよく見ていらっしゃるし、書類を自分のところに寄せるのも全体を把握されたいからでしょう？　考察も深いし即決できる判断力もすごいですし、優れたお方ですよ！」

ぐぐっと前に乗り出して血気盛んに言い放った。

脳裏では一つのことが浮かんでいる。

——そういう方に婚約を破棄されてしまった。なぜ。あぁ、もうお聞きするべきときが来ているのかもしれない。でも、理由がはっきりしたら、公国へ戻らなくてはならない。

傍にいて手助けをしたい。いまや婚約破棄の理由より、ヴィルハルトの傍から離されることだけでも拒否したくなっている。

お茶を淹れて、笑って話して——。夢は叶わない。ハーブも、もうない。

いつの間にかぼろぼろと泣いていた。シュウがものすごく焦《あせ》ってハンカチを出してくるが、さすがにそれは受け取らず、スカートの隠しポケットから自分のを取り出した。涙やらなにやらを拭き取って、右手で握りしめる。

「驚かせてしまいました。すみません……」

「びっくりした。すっげ、驚いたじゃないか。なんていうか、突進するタイプなんだな。いきなりやって来ていきなり殿下に訊きたいとか。フィーナの話を聞くのは怖い気がするぞ」

ルフィーナは静かに微笑んだ。怖いというより、意外な内容だと思う。

話題を変えたくて、気になっていた他のことをシュウに尋ねる。

「シュウさんは、どういう経緯で秘書官になられたんですか？」

「殿下と幼馴染《おさななじみ》なんだよ。家柄は低いし三男坊なんで自由にさせてもらってきた。本当は事務官なんて無理だって言ったんだけどな。どうしてもやれと言われていまや第一秘書官だ」

「幼馴染なのですか」

シュウのようなざっくばらんなタイプを重用《ちょうよう》するところも、ヴィルハルトの良い面だ。ルフィーナは嬉しそうに笑う。シュウは照れて頭を掻いた。

「フィーナが来てくれて助かったよ。頑張ってくれ。いや、休む方も頑張るんだったな」

「はい。頑張っています」

笑い合って食堂での確認事項は終了した。

次の日の朝、昨夜の夜は夜会で遅かったはずなのに、ストレッチをやっているルフィーナのところへヴィルハルトがやって来た。

ルフィーナは暗殺未遂のことを聞こうかどうしようか迷ったが、楽しい時間を曇らせたくなくて口にしなかった。

それに、彼女に知る必要があれば、ヴィルハルトは話してくれる。

二人で軽く動いたあと、いつもならそこで別れてそれぞれの場所へ行くところを、ヴィルハルトに止められた。

「ビアーチ夫人からフィーナに呼び出しだ。午餐のころに来てほしいそうだ。この一か月休みなしだったな。今日は、休みにするから執務室へは来なくていい」

上司であるヴィルハルトの了解を取らなければ、昼間、勝手に休んで誰かに逢いに行くことはできないので、彼女に直接使いを寄越さなかった叔母の配慮に感謝した。

ルフィーナはにこりと笑ってヴィルハルトに頭を下げる。

「ありがとうございます。着替えてから行ってきます。今朝は、わざわざそれを言いに来てくださったのですか？」

「私が伝言のために動くと思うのか？　運動も目的の一つだ」

ルフィーナは微笑を抑え切れない。『も』というなら、やはり彼女に『休み』を言い渡すために彼は早起きしたのだ。

ヴィルハルトは踵を返して執務室へ向かった。ルフィーナは部屋へ戻る。

リナは朝番なのでもういなかった。ルフィーナは、ゆっくり着替えて、午餐の時間を測りながらビアーチ夫人に与えられている居室へ行く。

叔母は大歓迎で、両手を大きく広げると、ぎゅっと抱きしめてくれる。

「よかった。元気そうね。秘書官の服は意外に似合うのね。髪型を変えて眼鏡がなければ、こういうのもいいわ。禁欲的なのに抑えた華やかさがあって素敵。特に金ボタンが」

皇帝宮の流行はすぐに目先を変える。叔母の頭に羽根飾りがなかったので、視線がそちらに集中してしまうこともなくてよかった。

背中を抱きかかえられてリビングのソファに座ると、対面に腰を掛けたカロリーヌは、お茶を淹れた侍女をすぐに下がらせた。これで二人きりだ。

「叔母様もお元気そうでなによりです。そういえば父に手紙を書きました。皇帝宮の便でも届くそうです。きっとご心配を掛けてしまっていますよね。申し訳ないことです」

カップを手にしていたカロリーヌは、飲もうとした動きを止めてルフィーナを見やると、口数少なく『そう』と言った。

「ねぇ、ルフィーナ。あなたの目的は婚約破棄の理由を訊く、だったわね。訊いた？」

「いいえ。まだです。でも、近いうちにお訊きしようと思います。秘書官としてヴィルハルト様のお傍にいるのはとても楽しいのですが、本当のことを話すときが来ているようです」

カロリーヌは背をぴんと伸ばしてから、真剣な調子で話し始める。

「あのね、ルフィーナ。状況が変わってきたの。訊くなら、もっと別なことの方がいいと思います」

「え？　なにをですか？」

「秘書官なら知っているのではなくて？　皇子殿下の暗殺未遂事件のこと」

叔母は情報通だった。かといってこの件が耳に入っているというのは驚きだ。

「どうしてご存じなのですか。もしかしたら財務長官のダグネル様からでしょうか」

叔母は財務長官の派閥に入っている。

財務長官のカルス・ダグネルは、財務専門部署を率いている切れ者であり、皇帝宮の重要人物だ。御前会議にも出席するし、帝国の中枢《ちゅうすう》を担《にな》う一人だった。

「どこから得た情報なのかは言えないわね。でもね、これは本当に極秘なのだけど、第二秘書官が黒幕について口を滑らしたのよ」

シュウとの話から、皇帝宮内の者だと予想した。しかし叔母がこれほど含んだ言い方をするなら、ルフィーナも知っている者なのか？

カロリーヌは驚くべきことを話し始める。

「あなたは、黒幕の調査や捕縛などがどれほど進んでいるか、皇子殿下に確かめるべきよ。あなたも無関係ではないのですから」

真剣なまなざし、なにかを含んだものの言いよう。ドキドキと鼓動が早くなる。

それはヴィルハルトと一緒にいるときのようなときめくものではない。

暗く淀《よど》んだ運命のきしみのような音が押し寄せてくる。かすれた声で尋ねた。

「叔母様……。暗殺未遂事件の黒幕として嫌疑が掛かっているのは、誰ですか」

一呼吸置いてカロリーヌが答える。

「あなたの父親、エルト公です」

ルフィーナの顔がざぁっと蒼褪めた。

第三章　肖像画を運んでいたのは

乗せただけのやかんの蓋が蒸気で持ち上がり、微《かす》かな音を立てた。

ベッドの横端にぼんやり座っていたルフィーナは、伏せていた顔を上げてそちらを見る。

叔母のところへ行ったときは昼間だったのに、外はすっかり暗くなっていた。

——どれくらいこうして座っていたのかしら。叔母様のところから部屋へ戻ってきて、ストーブに火を入れて、やかんを……。そうだ。叔母様にハーブをいただいたんだった。

帝都にハーブを仕入れている店があったとかで、叔母の居室を退出するときに、化粧瓶ふうの尖《とが》った蓋が閉められた凝《こ》った作りの瓶をもらった。花びらを細かくカットした赤い欠片《かけら》が詰まっている。ローズヒップだった。

『国から持ってきたハーブは、もうないのでしょう？　これでも飲んで落ち着きなさいね。皇子殿下から状況を詳しく訊くのよ』

国から持って出た瓶よりも小さく、掌の半分ほどの大きさだったから、カロリーヌに言われるままにスカートのポケットに入れた。

なにも考えられずに廊下を歩いて戻り、部屋へ入ってからも自動人形並みに動いていた。

ルフィーナはふらりと立ち上がり、ローズヒップティを淹れると机の上にカップを置いて、今度は椅子に座る。

フィルターを使わなかったので、カップの底にローズヒップがそのまま残っている。お茶もかなり赤い。それをじっと見ていた彼女は、カップを持ってこくんと一口飲んだ。

特徴的な甘い酸味が舌を撫ぜて喉を通り腹の方へと落ちてゆく。

——……ローズヒップはビタミンが豊富で栄養補給に適していて美肌にも良い。

ハーブティは飲んだからといってすぐに効果があるわけではなく、持続してゆくことで体質改善を図るものだ。ただ、ビタミン類は、ルフィーナを日々助けていると思う。

彼女はカップを傾けて、少々熱いそれをごくごくと飲んだ。体中が温まってゆく。痺《しび》れて動かなかった脳内もまた動き始める。

父親の執務室で婚約破棄のことを聞いたとき、心に受けたショックで倒れてしまった。

いまは、考えることを放棄して長時間座っていた。

——心の弱い私はいつもそこにいる。その手をまた取るの？

ルフィーナは頭を横に振った。そして、叔母との会話を順に思い浮かべてゆく。

黒幕として挙《あ》げられたのが父親だと聞いて、顔から一気に血の気が引いた。

「叔母様、そんなことあり得ません。国同士の取り決めもあるのに、どうして暗殺など。そうです。おかしいです。暗殺事件は、婚約を破棄される前の出来事ですし」

カロリーヌは、起因はずっと昔にあると説明した。

「エルト公は長い間、皇帝陛下に怨恨《えんこん》の思いを抱えていらしたの。いまになって噴出したのはね、おそらく、陛下が近いうちに病によって逝去《せいきょ》されると予想できるからよ。安楽な死など許さないということね。ここまできて後継者がいなくなれば、相当な復讐《ふくしゅう》になるわ」

「なぜそんなことをお父様が考えられるのですか。怨恨って、どうして」

「お姉様がベランダから落ちてしまわれたのは、心を病《や》まれたからよ。調印のためにご夫婦で帝都までいらして、皇帝宮に一か月滞在されたでしょう？　そのときにね、皇帝陛下から関係を迫られたのよ。娘のために大事にはしたくないって我慢に我慢を重ねて……」

叔母は言い淀んだが、なにを言いたのかすぐに分かった。そちら方面の皇帝の悪評はいままでも囁《ささや》かれている。悲惨な結果を招いたという例は枚挙にいとまがない。

ルフィーナは唇を震わせて確認した。

「事故ではなくて、自死だったということですか？」

「たぶんね。エルト公からの手紙にも書いてあったわ」

喉のあたりが痞《つか》えて言葉が出ないルフィーナに、カロリーヌはかつて父親からビアーチ夫人宛てに出された手紙を見せた。

十五年前、アデリアがベランダから落ちた日付よりもあとに出されたものだ。

《アデリアに対する皇帝陛下の人目をはばからない執愛には辟易《へきえき》した》

という父親の言葉から始まっている。

皇帝陛下は治世者としては悪くなかったが、女性関係の放蕩はひどいものだったらしい。

美しく聡明《そうめい》な皇妃、ヴィルハルトの母親がどれほどの気持ちで皇帝宮にいたのか、閉じこもって暮らしていたという事実以外は誰も知らない。

皇妃は、息子の婚約のあとで重い病にかかって亡くなられている。

カロリーヌはそのことにも触れてルフィーナに教えた。

「皇妃様はね、息を引き取る間際に、皇子殿下の義父になるエルト公の手を握って、当時十二歳の息子のことを頼んで逝かれたみたいね……」

皇帝が浮名を流したのは、子供がたくさんほしかったからだとも言われているが、生まれた子が皇妃を母親とする正当な後継者ただ一人だったのは、皇帝への天罰だったのかもしれない。

その皇子を奪えば、確かに多大なる復讐《ふくしゅう》になる。

《アデリアは娘のため、ひいては公国のために、抗議しようとした私を止めてまでひたすら我慢をしていました。その結果、心を病んでベランダから落ちてしまった。自死だったかもしれませんが、ルフィーナには事故だと伝えます。どうか話を合わせてください》

話を合わせてほしいから手紙を出したということだ。

最後のところは、強い調子で締《し》め括《くく》られていた。

《愛する妻を失くす要因となった陛下の行動には怒りを覚える》

ルフィーナは乳母から、母はベランダでよろめいて落ちたと聞いている。

ずっとそれを信じてきたが、自ら飛び降りたとなれば、あれほどまで妻を愛する父親は口惜《くちお》しくてたまらず、守れなかった自分をずっと責めてきたはずだ。

原因があるなら、怨恨の気持ちを抱くのも無理はない。

父親のいまの気持ちはどうなのか、皇帝宮にいるルフィーナはすぐさま確かめられない。

もしも歳月を経ても燻《くすぶ》った復讐の気持ちが残っているなら、ルフィーナが婚儀のために帝都へ向かう前に暗殺を考えるのも分かる気がした。

皇子に対する暗殺未遂事件の黒幕にエルト公の名が挙がったから、婚約は破棄された可能性もある。しかし、あの父親が、そういう先行きを考えないはずはない。

ルフィーナは首を横に振る。

「叔母様、やはり、父が暗殺を企てたなどと、信じられません。手紙にも、自死かどうか分からないという書き方になっています」

「でもね……。あの当時は、ずいぶん考え込んでいらっしゃったわ。お姉様のこと、確信しておられたと思うけど」

「事故のとき、乳母が見ていました。お父様に証言もしたはずです。乳母にもう一度確かめられたら、はっきりするでしょう」

ルフィーナはカロリーヌに、事故のときにベランダにいた乳母を呼び寄せてほしいと頼んだ。いずれ父親はこちらに来るだろうからと。

カロリーヌは使いをやって帝都へ来るよう手配すると約束してくれた。

「でもね、ルフィーナ。エルト公が納得されただけでは、疑いは晴れないのよ」

はっとしてカロリーヌを見つめる。その通りだ。父親の心の問題が落ち着いたからといって、すべてが解決するわけではない。

だめ押しのようにして、カロリーヌは続ける。

「第二秘書官の証言もありますからね。あなたに手紙を見せたのは、エルト公に疑いが向けられるには十分な出来事だったと話したかったからよ。ルフィーナ。皇子殿下に状況を訊いたほうがいいわ」

「そうですね……」

「エルト公への疑いを晴らすためにも、いまどういう状況になっているのかを知らないと。黒幕として確定されると、あなたも危ないのよ。……もしかしたら、私もね」

ぎょっとして顔を上げる。

ヴィルハルトが彼女を敵方の血縁者として捕まえるということか。朝、一緒に軽い運動をしているあのヴィルハルトが、ルフィーナを捕縛するのか？

——考えてみれば、公女ではなくてフィーナだったから、事務官に任命されたのよね。では、ルフィーナだと知られたら、どういう対応になるのかしら。婚約を破棄した相手など、言葉を交わすのも厭《いと》わしいかもしれない。

叔母の居室の中は暖炉が赤々と燃えていてとても暖かだったのに、そこまで考えたらぞくりと身体が冷えた。

椅子に腰を掛けていたルフィーナは、すぅっと立ち上がる。

暗殺未遂事件の黒幕に関する彼の考えを知りたい。婚約破棄の理由は、黒幕にエルト公の名前が挙がったからなのかどうか、聞かせてほしい。

——時が来たのよ。最初の目的に戻るときが。あの方に尋ねるときが、来た。

秘書官として働いて、絵姿ではない彼を知ってゆくのがどれほど楽しい時間だったことか。けれど楽しいばかりで終わるわけがない。

机の上にローズヒップの小瓶を置いていたが、すっと握ってポケットに入れる。

最後になるなら、彼女が淹れたハーブティを一緒に、という部分だけでも願いを叶えたいと心のどこかが考えていた。

ルフィーナは扉を開けて外へ出た。向かう先はヴィルハルトの寝室だ。

彼に今夜の予定がなにも入っていないのは知っている。今なら、ヴィルハルトが寝室にいるという予想は、おそらく間違っていない。

廊下を歩く速度が次第に速くなり、最後はほとんど走って皇子の居室の前まで行くと、近衛兵に取り次ぎを頼んだ。

彼女が着ているのはヴィルハルト付きの事務官の服だが、居室へ来る者ではない。しかし走った加減で呼吸が早かったせいもあり、緊急の場合を考えられたのか誰何《すいか》が行われた。

「女性事務官のフィーナが面会したいと来ておりますが、どういたしましょうか。……え、入室ですか？　別部屋へは……は、分かりました」

短いやり取りの末に、近衛兵は扉を開ける。ルフィーナは、ヴィルハルトの居室へ入った。


最初に足を踏み入れた部屋は、私的なリビング兼書斎だ。大きな窓がある。

廊下がある方や、窓のある側とは別の壁にドアがあり、その向こうの部屋が、ベッドが設《しつら》えてある寝室だと予想する。水周りなどを含めたこのあたりのすべてが、皇子の居室だ。

置かれている調度は非常に格調高く優雅な形をしていた。部屋自体も広い造りで、さすがはグレイド帝国次期皇帝の私室だ。

正面の壁には白い大理石で造られた巨大な暖炉があり、大きな炎が燃え上がっている。

暖炉は上面が人の胸近くまで達する高さで、ヴィルハルトがその脇でワイングラスを片手に立っていた。

黒いガウン姿の彼がいつもとあまりに違って見えて、ルフィーナの鼓動が速くなる。

——硬い表情はそのままなのですね。執務室の彼ということかな……。

にこりともしないのはいつものことだ。しかし、常日頃感心するほど真っ直ぐ立っているヴィルハルトが、片肘を暖炉の上に軽く載せて寄りかかっていたので、身体が少し傾いでいる。

そのうえ、ガウンの襟元がわずかに乱れて開いていたので胸筋が覗いていた。

ルフィーナは、濃い藍色の瞳を真っ直ぐ向けて、ゆっくり彼に近づく。

ヴィルハルトの数歩前まで行って歩みを止めると、事務官の服で貴婦人の礼をした。つまりは、両手でスカートを摘んで優雅に腰を屈《かが》めたのだ。

眼鏡は工務部で調整してもらったので、もう落ちない。

「ヴィルハルト様。ご機嫌はいかがですか。このような時間にお邪魔をして申し訳ありません。時間を取っていただきまして、心より感謝いたします」

挨拶の口上も公女の口調を選んだ。

このような時間というのは、太陽がすっかり落ちた夜半間近ということだ。

部屋へ入室したときから、ヴィルハルトは貫かんばかりのきつい視線でルフィーナを見ていたが、彼女が礼をとると、彼は深いため息を吐いて暖炉の前方にあるソファを勧める。

ルフィーナが腰を掛け、ヴィルハルトは対面の一人用肘掛椅子に座った。

彼が手に持っていたグラスはローテーブルの上に置かれる。少量残っていた赤い液体が揺れるのを、ルフィーナはじっと見ていた。

ヴィルハルトは、相変わらず心情が窺えない平たんな口調で彼女に言う。

「すでに寝酒の段階だ。ワイン程度だが、少しくらいは酔っているかもしれない。いいのか？女性が男の部屋を訪ねるには遅い時間だぞ」

「酔っていらっしゃるようには見えません。どうしてもお尋ねしたいことがあるのです。答えをいただきたいと思いましてこちらへ来ました」

「思ったから来た、か。本当に、あなたは己の信じる道を突き進むんだな……。先触れを考えなかったのか？　あまりに突然で、私の方は心の準備がまったくできていないぞ」

彼が携わる政務では突然の出来事など日常茶飯事だったから、ヴィルハルトに心の準備など果たして必要なのかと考えてしまった。

しかし、言われて初めて、高貴な人の部屋を訪問する際の手順を少しも踏襲《とうしゅう》していないことに気が付く。

「申し訳ありません……。質問もありますが、告解《こっかい》もするつもりできました。緊張して、手順などには少しも頭が回らなかったのです。どうぞ失礼をお許しください」

「いや……、一応注意を促しただけで、責めているわけではない。部屋へ入れた時点で手順など追及する気がないのは、はっきりしている。告解、か。そういうことなら、私もあなたに言わなければならないことがある」

意外な言葉だったので、ルフィーナはわずかに目を見開いた。

──『あなた』と言われた。『私の方にも言わねばならないこと』……なにを？

彼女の中で急激に不安が込みあげてくるのを余所に、ヴィルハルトは先を続ける。

「飲み物は出さないぞ。こんな時間に私のところへ来ていると周囲に知られるのは、事務官のフィーナにとって仕事がやり難くなるからな」

侍女や侍従は呼ばれない限り来ないし、近衛兵は知っているが、彼らは誰かと噂話に興《きょう》じることはない。怖い視線で睨まれては分かり難いが、きっとこれはヴィルハルトの心遣いだ。

傍にいる間に彼のことが少しは分かるようになった。自分は無駄なことをしてきたわけではないと思えるのが、いまこの場での己を支える。

ルフィーナは背中をぴんと立て、真っ直ぐ彼を見つめて眼鏡を外した。

眼鏡なしの顔を初めて見るわけではないのに、ヴィルハルトはわずかに両目を大きくした。

彼女が自ら仮の姿を外すことで、自分のことを話そうという気持ちが見えたのだ。

「ヴィルハルト様。私の本当の名は、ルフィーナ・トゥ・エルトです。エルト公国のただ一人の公女で、あなた様の婚約者……でした。私が皇帝宮へ来たのは、ヴィルハルト様に逢って、直接、婚約破棄の理由をお聞かせ願おうと考えたからです」

一声も出さずに彼女を凝視するヴィルハルトの表情にも態度にも驚きはなかった。

やはりというか、彼は『フィーナ』がルフィーナの仮の姿だと察していたに違いない。

激しさを含んだまなざしが寄越された。ヴィルハルトは椅子から立ち、一言発する。

「おいで。ルフィーナ」

初めて名前を呼ばれた。『フィーナ』は簡略形とはいえ偽名だ。本来の自分を示す名を、彼の声で、あの唇の狭間《はざま》から呼ばれたとき、身体が震えた。

ルフィーナは足先に力を入れて、よろめかないよう注意しながらソファから立つ。

身体が少しでも傾くと、彼女をじっと見ているヴィルハルトが『今夜は休め』と言ってこの部屋から出されてしまうと考えた。

歩き始めた彼の背を追う。壁のドアが開けられ続き部屋へ入ると、こちらも豪奢《ごうしゃ》な広い部屋だった。中央には予想通り巨大な天蓋付きベッドが鎮座している。

さすがにぎょっとしたが、ヴィルハルトはベッドには近寄らず、ヘッド側の空いているところを早い歩調で歩いてゆく。

部屋を横切った先の壁には、間を離してドアが二つあった。一方が水周りに通じるとすればもう一方は？

ヴィルハルトは、もう一方のドアを開けると、閉まらないよう片手で押さえてルフィーナに入れと促す。彼女は小走りで奥の部屋に入った。入った途端、足が床に釘付《くぎづ》けになる。

ルフィーナは目を見開いて壁に飾られている幾つもの肖像画を眺めた。

三歳のころから、毎年一枚、ヴィルハルトの手元へ届くよう贈られたルフィーナの姿絵が、壁に順に並べて掛けられていた。

　年ごとに大きくなってゆく等身大の自分の姿が十五枚あったが、どの絵もあまり自慢できるような力強さはない。弱く儚く、まるでいまにも消えてしまいそうな笑顔ばかりだ。

　眺めている間に呼吸が深くなり胸が苦しくなった。その肩に、横に立ったヴィルハルトの手が置かれる。彼はルフィーナの肩を抱き、その身を誘導し始めた。

　二人並んで最初の絵から順に見てゆく。

　三歳のころはこういうふうだったのかと、ルフィーナは不思議な面持ちで眺める。

　六歳ころには自意識も芽生えて、自ら鏡で己の姿を見ていた。あのころはまだ、外を走った覚えもあるのに、姿絵は精密に彼女を写し取り、年ごとに儚さが増してゆく。

　いまなら、魂が半分眠っていた身体だったから、弱さが前面に出ていたのだと理解できる。

　元々持っていた虚弱さが父親の溺愛の中で増したと考えていたが、もしかしたら、本来長く生きられない身を親の愛情で包んで育《はぐく》んでもらっていたのかもしれない。

　前世を思い出してからは、自助努力もあるとはいえぐんぐん体力を増強させて、かなり健康体に近くなった。それは最近の出来事であり、絵の中にいるのは心も身体もひ弱な自分だ。

　十八歳になったルフィーナの肖像画の前で、ヴィルハルトは彼女と共に足を止める。

　この絵は、婚約破棄の密使が来る直前に贈られたものだった。

　横を見上げると、ルフィーナを見つめるヴィルハルトと目が合う。

「執務室であなたを最初に見たとき、顔がそっくりだったから公女だとすぐに分かった。眼鏡を落としたのはわざとじゃないだろう？　状況が面白くて笑ってしまったぞ。あなたの慌てぶりも見ものだった。仮の姿に扮して皇帝宮へ潜り込むのは、公女殿下には難しいな」

ルフィーナはガックリ肩を落とす。彼の見識は正しい。

「すぐにお分かりなら、どうして『なぜ皇帝宮へ来たのか』と追及されなかったのでしょうか。第二秘書官が、暗殺未遂事件の黒幕はエルト公だと証言しているのではありませんか？　もしかしたら、公女の私がヴィルハルト様の暗殺を企てていたかもしれないのに」

「ルフィーナ。私は黒幕がエルト公だとは考えていない。第二秘書官は偽《いつわ》りの名を挙げたと確信している」

「父を信じてくださるのはとても嬉しいのですが、なにを根拠にして、秘書官の証言が嘘だと言われるのでしょう。もちろん私は、父がそのような愚かな真似をしたとは思いませんが」

彼女の疑問にすぐには答えず、ヴィルハルトはルフィーナの肩を掴んで動かすと、向き合うような形にした。そして、三つ編みにして両肩から前へ下がった彼女の髪に手を伸ばす。

先の方を縛るゴムを取り、編んでいた髪を無言で解《ほぐ》していった。

予想外の展開となり、ルフィーナはどうしようもなく突っ立っているだけだ。

――あ、眼鏡……は、リビングのテーブルに置いてきたんだった。

髪は解されると、編んでいた跡が残った加減もあり、背中を覆うほど膨らんで広がった。ヴィルハルトは少し離れてまじまじと彼女を眺める。

ルフィーナは気恥ずかしくなって、頬を赤く上気させると俯いた。

禁欲的な黒い服と白いレース、金ボタン、そして背中を覆う派手な褐色の髪。北国の者らしい透き通るような白い肌に赤い頬と赤い唇。俯いて恥ずかしげに佇《たたず》んでいるその姿が、どれほど魅惑的なのか、本人は少しも理解していない。

ヴィルハルトが詰まったような声で言う。

「絵姿のあなたと同じ顔で同じ細さをしていても、弱々しさはまったく感じられなかった。別人の可能性があると考えても不思議はないのではないか？」

ルフィーナは、はっとして顔を上げる。

暗殺の危険に晒されている彼は、常に疑念を持って可能性を測らなくてはならない。何らかの疑いをもたれても当然だった。

「環境の変化ですぐに寝込む。長く一人で歩くことさえ難しいような公女が皇帝宮まで来られるはずはないから、正体を見極めるつもりで女性事務官として傍に置いたんだ」

「すぐに寝込むというのは、こちらにも伝わっていたのですね……」

「あなたに関する帝国側の懸念は、悉《ことごと》く私が握り潰してきた。少しの悪評も許さないし、ちょっとした陰口も、身体が虚弱だということも、すべてだ。その結果、あなたのことは皇帝宮内では誰もなにも言わなくなっている」

ルフィーナは微笑した。皇子殿下の婚約が失効したという噂もなければ、公女のことを、わずかでも口に載せる者さえいなかったのは、ヴィルハルトが原因だったのだ。

エルト公女のことはタブーなのかと考えて、相手を困らせないために聞き回ることはしなかったが、ある意味、本当にタブーだったとは。

ヴィルハルトは目を細める。

「心に衝撃を受けると倒れてしまうとか、可愛がり過ぎて身体が虚弱になってしまったとか、私に話した相手はエルト公王、あなたの父親だ」

「えっ。お父様ですか。……公王なら、皇帝宮へ来ることもありますものね。そのときにお話しをされていたのですか？」

彼はわずかに口角を上げて語り始める。

「事務官フィーナは公女である可能性もあるから、無理をしているのではないかと心配で仕事の量を調整した。そうしたらどうだ。か弱い自分から脱皮しようと運動をしていたんだ。驚いたぞ。あれでルフィーナ公女だと確信した」

「だ、騙《だま》そうなどと考えていたわけではありません。私は、婚約を破棄された理由を知りたかったのです。絵ではない本物のヴィルハルト様にお逢いして、あなた様から直接、理由を教えていただきたくて……。無謀と言われると、その通りですが」

言葉に詰まる。いくら動機を並べたところで、三つ編みのお下げに眼鏡で、最初は叔母の侍女に扮していた現実は覆らない。真正面から訪れても逢ってもらえないとカロリーヌに言われたからというのも、所詮は言い訳に過ぎなかった。

ヴィルハルトは、彼を見つめたままで動かないルフィーナの両頬をそっと両手で包んで、顔を上向かせた。真摯《しんし》なまなざしに包まれる。

「エルト公国の南の別荘は湖畔に建てられているだろう？　私が湖の岸を歩いていたら、向こう岸に桜色のドレスを纏った幼い天使が現れた。騎士として敬意を表すると、彼女は貴婦人の礼をとってお辞儀をしたんだ。本当に可愛らしくて胸が熱くなった」

ルフィーナの両目が驚きで大きく見開かれる。自分は八歳だったから、当時の彼は十七歳だったことになる。

「湖の向こう岸にいる少女が婚約者だとすぐに分かったし、彼女を私の伴侶《はんりょ》に定めた天の配材に感謝した。静けさと漣一つない湖面と青い空、桜色の服を纏った少女。それが私の恋の原初《げんしょ》情景だ」

原初——物事の始まり。

——恋の始まりという意味でしょうか？

「あのとき、守るべき人の姿が心に刻み込まれた。あれ以来、皇帝宮で私を叩きのめすような事態が持ち上がると、心がそこへ戻って、前よりも強い力で負けまいと踏ん張れるようになった。あなたを守るために強くなりたかった」

ルフィーナは目を見開いて瞬きを忘れたばかりか、口までぽかんと薄く開けてしまった。

「いまの私を作り上げたのは、あなただ。ルフィーナ」

あのときの短い情景が心に焼き付いたのは彼女も同じだ。森と湖に囲まれた静謐《せいひつ》の中で、運命の人と礼を交わしていた。

彼女は震える唇で驚きと疑問を伝える。

「あのときの少年兵はヴィルハルト様だったのですね。皇子殿下という出で立ちではありませんでした。姿を偽《いつわ》ってまでなにをしにいらしたのでしょう。紹介もなかったのに」

夢かもしれないと考えて、どれほど心に残っていても誰にも言わなかった。

それをヴィルハルトが口にするなら、あの少年兵は間違いなく彼だ。

「年に一度、肖像画を運んでいたのは私だ。行きも帰りも大きな絵を馬車に積んで、私が馬の手綱《たづな》を握って駆けた。片道八日、エルト公国では三日の滞在だ。極秘で動いた」

「なんてこと。私は少しも知りませんでした」

「知らなくて当たり前だ。毎回、エルト公に公女と話がしたいと申し入れたが断わられている。娘の身体は心の衝撃に耐えられないから、時が来るまではそっとしておきたいと言われた」

「お父様とは毎年逢っていらしたのね」

これは、父親に対して怒ってもいい気がする。しかし、心の衝撃に……のあたりは間違っていないので、娘を守ろうとする父親の心情に文句は言えない。

「父上には、『病弱な娘を渡す以上、強い男になってくれ』とさんざん言われたぞ。毎回、剣の腕や知識量を試された。試験を受けるようなものだ。剣は特に厳しくて、真剣でやり込められたし、体術も青あざができるほどだった。あなたの父上は何年過ぎても頑健《がんけん》だ」

「皇子殿下の成長具合を見るために、試験をしたのですか……っ！　お父様らしいと言えば、そうですけど。相変わらず怖《おそ》れを知らない方だわ」

最後はため息と共に呟く。

「エルト公には、公国が帝国と融合する準備ができ次第、皇帝宮へ来て私の宰相に就任してほしいと考えている。私を鍛え上げた人なんだ。信頼している。もしも彼が黒幕なら、私の判断は大層甘かったことになるな」

ルフィーナは、はっとしてヴィルハルトを見つめなおす。

あの父親なら、皇帝の宰相もこなせると思うが、了解するかどうかは本人の判断次第だ。もっとも、彼女が嫁いで皇帝宮へ入れば、喜んで帝都へやって来るかもしれない。

「いいかい、ルフィーナ。もしも公王が私の暗殺を企てたら、人に任せず自ら剣を振るう。そういう人じゃないか。それに私は、エルト公国へはいまのあなたと同じく、仮姿で衛兵たちに交ざって行っていたから、暗殺など簡単にできるし、知らぬ存ぜぬで押し通せる」

その通りだ。あの父親なら自分の手で実行する。その方がずっと確実だ。本気なら未遂にはならず、とうに目的を達してヴィルハルトは今こうしていない。

　ヴィルハルトがここにいることが、エルト公への嫌疑を晴らしている。

「第二秘書官の証言は、別の証拠で覆す。目星《めぼし》はついている。心配はいらない」

　ルフィーナは、安堵《あんど》でふっと息を吐いた。ヴィルハルトは内緒話をする要領で身を屈め、彼女の耳元で囁く。

「実は、あなたの姿も公国へ行く度にそっと覗いて見ていたんだ。これはエルト公には内緒だな。……ご存じだったかもしれないが」

　頬を包まれたまま、かぁっと上気したルフィーナは羞恥で声も出ない。

　――見られていた？　おかしなことはしていなかったでしょうね。

　顔を下げていたヴィルハルトは、自分の頬をルフィーナの頬にくっつけてするりと滑らせたので、彼女の思考は一気に霧散して頭の中が真っ白になった。

　動けない。狙っていたのか頬にキスを受ける。

「あなたはいずれ皇妃になる人だったが、あまりに虚弱で、皇帝宮に入っても大丈夫かと心配だった。どれほどでも守るつもりだったが、皇帝宮には私の手が及ばない陰もある。特に女性の集団は、男ではどうしようもない面があるんだ」

　男性が入れない場所もある。貴族の女性たちだけでサロンを開く場合は、男性は立ち入り禁止だった。いわゆる若い女性ばかりのお茶会だ。

「あなたは私と結婚した途端、皇帝宮の奥で寝込んで外へも出られないのではないかと思った。

本気で守りたいのなら、どこかで結婚は諦めるべきだったんだ。それなのに、諦めきれなくていまに至ってしまった」

近くにある彼の顔を覗き込む。真剣な表情であり、思いつめたまなざしをしていた。

彼は今こそ、ルフィーナが皇帝宮へやってきた理由の答えをくれる。

「守りたいから、暗殺未遂事件が起きたとき、これが限界だと自分に言い聞かせて婚約破棄に踏み切った。破棄をすることで、あなたをエルトの城に閉じ込めたかったんだ。あそこなら守り人となる父親もいる」

「私を皇帝宮に入れないため……。それが婚約破棄の理由なのですね。身体や心の弱さを考慮してくださったから。暗殺未遂が起きたのでは、もう無理だと考えられた」

「そうだ。あなたを守りたかった。皇妃などにしてしまったら、きっとあなたの命が縮んでしまうと思った。暗殺に巻き込まれる可能性も高い。だから、たとえ一度も抱きしめられなくても、父親の手の中で、エルト城やあの別荘で静かに暮らしてほしいと考えた」

切々と語る掠《かす》れた声が頭上から落とされる。ヴィルハルトの銀眼の中に取り込まれそうになりながらも、彼から目が放せない。

彼女の頬を囲むヴィルハルトの掌が熱い。いつも冷静に思考し、硬い表情を崩さない人なのに、いまはまるで追いつめられた弱者のように話す。

「――ところがだ。か弱く儚い人は、自ら私の傍へ来た。体力をつけるために毎朝運動をしている。書類の片付けも上手い。私がほしい資料を先回りして作れる。財務分析までやっているんだ。守りたい人は、次期皇帝の隣に立てる人になってやって来た。唖然としたし、茫然《ぼうぜん》となってても変じゃないだろう？」

「あの、え、と。すみません……」

思わず謝ってしまった。ヴィルハルトは喉の奥でくつくつと笑う。

笑いを収めた彼の腕が、ルフィーナの身体に回ってそっと抱きしめられた。彼女の頭のところに頬をぐりぐりと寄せてヴィルハルトは言う。

「エルト公国に閉じ込めておく案は、もう廃棄だな。婚約は継続するぞ」

「そんな、簡単に。エルト公国の公女としては、婚約を破棄されたら他国に嫁ぐこともあり得ましたのに」

「そんなもの。帝国の力を使って全力で潰すに決まっている」

ルフィーナはため息を呑み込んだ。これほどの熱情を仕事の場で一切見せなかったのはあっぱれだと思うものの、理不尽さは否めない。彼女は、破棄の件を最初に聞いたとき、倒れるほどの衝撃を心に受けたというのに。少しくらいは、抵抗したい。

「『やめ』と決めてすぐにできるものなのですか？　お父様はとてもお怒りでした。こちらへ確認に来ると言われていましたが、簡単に納得されるとは思えません」

「公式な発表はしていない。私が暗殺されると帝国内が激動する。そのとき、政変に巻き込まれないよう婚約破棄の通達書類を渡しておきたかった。公王にはいくらでも詫《わ》びるし、書類は処分してほしいと伝える。納得できないと言われたら、納得されるまで説得しよう」

彼はルフィーナの腰に当ててた手はそのままにして上半身を離すと、彼女の髪の一房を掴んで口づけた。目の前でさらさらと揺れる銀髪がとても美しくて、つい見惚《みと》れてしまう。実のところ、婚約復帰に文句などない。

ヴィルハルトは切々と訴えてくる。

「結婚してくれ、ルフィーナ。伴侶としてグレイド帝国の頂点に並び立ち、私を支えてほしい。いまのあなたならそこまで望める。あなたの気持ちを振り回したことは謝罪する。どうしても承服できないなら、いっそ新たな婚姻の約定を今ここで結びたい。どうだ？」

ルフィーナは泣きそうになって何度も瞬きを繰り返した。

前世の記憶が蘇ってからすでに二か月、皇帝宮へ来てから一か月過ぎている。ヴィルハルトに接触して、皇子として重荷を背負って生きる彼に感動さえ覚えた。婚約を破棄した理由も、か弱い彼女を守るためだったと本人の口から語られた。

目的に向かって突き進んだルフィーナの長い道は、これでようやく終わったのだ。

夏の終わりに始まった体力作りも十分な成果を見せて、いまや軽い縄跳びまでしている。季節は冬となり、あと一か月もすれば年を越えて新年だ。

――お父様にはたくさんご心配を掛けてしまった。申し訳ありません。ですがこの結果ならきっと喜んでくださいますよね。

娘の幸福を願ってやまない父親だから……たぶん。喜ぶ前にたっぷり怒られそうだが。

ルフィーナが感無量になって現状に浸っていると、返事がないことに焦《じ》れたヴィルハルトが押し殺した声音で言う。

「この部屋へ事務官のフィーナが来たのは近衛兵以外誰も知らない。あなたが公女だと知っているのはビアーチ夫人だけなのではないか？　それなら、ここにあなたを閉じ込めるのも可能だ。うんと言うまで……」

——え、えぇえ？　熱情とか、執心とか、どこに隠されていたのですか？

一生懸命という言葉がぴったりの彼の表情を、ぽかんとした驚きの目で見つめる。

ここまで言われてなにを迷う。毎日絵姿を見て育てた想いが彼女の恋の原初だ。本人に逢って、気持ちが薄れないどころかますます深くなった。

彼女は胸のところで両手を握り合わせ、真っ赤に染まった頬を晒して返事をする。

「どうぞお傍に置いてください。肖像画のヴィルハルト様をお慕いしておりました。いまはもっと強く想っております。私の方から、婚約破棄を覆してくださいとお願いしたいほどに」

目元に滲《にじ》んだ涙がとうとう決壊して、ほろほろと溢れた。頬を包んでいたヴィルハルトの手にルフィーナが流した涙が載ると、彼の両手がひくりと動く。

次の瞬間、強く抱きしめられた。顔をあげたところで口づけられる。

「んっ……んぅ……」

――キス……っ？

前世では、婚約していた隼人とキスくらいはしていたと思うが、そちら方面の記憶はほとんどない。祥子が遺《のこ》した強い気持ちは、『婚約破棄の理由を知りたい』だった。そして、病院で最後に隼人が言っていた言葉を聞きたいと切望していた。

いまもそうだ。しかし、それは叶わない。どうしようもないのだ。

しかし、その記憶がルフィーナに蘇ったから、婚約は復元し、絵姿ではないヴィルハルトに抱きしめられている。そしてキスだ。

熱い。あつい。意識も、唇も、身体の芯も、アツイ。

「ふ……っ、んっ、……」

「ルフィーナ……。愛《いと》しい……」

抱きしめられ、口づけられているのを心地よいと感じる。それがすべてになっているのに、さらに愛しいと言われて精神が酔わされた。

ぐっと押されて唇がわずかに開けば、彼の舌が口内へ侵入してくる。追い立てられたルフィーナの舌は逃げてもすぐに絡め取られて、くちゅくちゅと擬音を発しながら嬲《なぶ》られてゆく。

ヴィルハルトは、合わさった唇の端から唾液が零れても口内の蹂躙《じゅうりん》をやめない。

ふらりとよろけて、倒れてしまう――と感じた瞬間、彼の腕で横にして抱き上げられた。歩きながらも口づけが降ってくるので、ふわふわと意識も流れる。

肖像画の部屋から寝室へと運ばれ、丁寧にベッドへ下された。仰向《あおむ》けに寝た状態でバウンドして、初めて自分がどこにいるかを認識する。

天蓋の天井を後ろにして上から伸《の》し掛かってくるヴィルハルトを眺めたルフィーナは、真っ赤だった顔を青褪めさせる。

「私、こういうことは初めてで。あの、どうすればいいのか分かりません。それに、やっぱり結婚するまでは、いけないことではないでしょうか……っ」

わたわたとふらついた両手が行き場もなくぱたりと身体の両側へ落ちる。彼女に被さっていたヴィルハルトが自分の腕で身体を支えながら上半身を持ち上げた体勢でじっと見てくる。

困ってしまったルフィーナは、自分の幼さが申し訳なくなってしまった。

「……慣れていなくて、ごめんなさい」

「万が一にも慣れていたら、私が狂ってしまう。あの公王の手の中で、それはあり得ないな。あなたの父上が娘に手を出そうとする輩《やから》など、放置しておくはずがない」

ふっと笑ってしまう。ヴィルハルトは本当にルフィーナの父親のことをよく知っている。彼女の気をそらすためなのか、帝国と公国の話をしながら、ヴィルハルトはルフィーナの服に手を掛けていく。

ルフィーナは、彼が話している最中は、その言葉に全身全霊を傾けて聞いているので、不埒《ふらち》な手の動きにはしばらく気が付かなかった。

金ボタンを千切れんばかりの速さで外されて、前立てを左右に開けられると、胸元はもちろん腰のあたりまで開いてしまう。薄いコルセットはしていても、胸のところは薄絹《うすぎぬ》だけなので、色づいた小さな実が透けて見えた。

「あ……っ」

ルフィーナは身を捩《よじ》って逃げようとしたが許されるはずもない。

すぐにヴィルハルトの顔が首筋に埋まり、彼の手が絹の上から胸に当てられる。

硬直して目を閉じた。左側に忍んだヴィルハルトの唇が首筋をさまよって、強く吸われる。

走り抜けた感覚が足先まで伝播《でんぱ》して体中が痺れた。

「あぁ……っ、な、なに……っ」

「ルフィーナ。眼鏡を掛け、髪を編み、事務官の服でいつも首まで肌を隠していた。この服は禁欲的だな。そそられる。見るたびに剥《は》ぎ取りたくてたまらなかったんだ」

そんなことおくびにも出していなかったのに——と返したくなったが、声が出ない。胸を下側から持ち上げられ、次に掌で包まれた。そして押されて揉まれる。

「ふ……あぁ……」

「豊満だな……。これほど細いのに、隠して育てていたんだ」

淫らだと言われたようでなんだかとても恥ずかしい。

小さなころから憧れに近い想い人がいれば、自然に女性らしさが強調された身体になる。確かホルモンの作用で……と知識だけは脳内を回った。

真っ赤になって唇を引き結ぶ。両手で口元に拳を当てて漏れる声を我慢しながら、目を閉じて固まっていると、ヴィルハルトは押さえつける動きで己の下肢までも彼女の上に載せてきた。

腰のあたりに硬い棒のようなものが当たり、それを太腿《ふともも》に擦り付けられる。

「自ら私の部屋へ来たのに。逃げないでくれ。引き裂きたくなってしまう」

呻《うめ》くような声が耳元で聞こえたと思ったら、舌が外耳に潜った。ざわざわと聞こえる舌の蠢《うごめ》きに、脳内まで犯されてゆくようだ。

身体の上に乗られても重さはほとんど感じない。それよりも彼の左手で揉まれる右の乳房が痛いくらいだ。左側にはヴィルハルトの身体が載って押さえている。

乳首を摘まれてきゅうと絞られた。

「きゃ……あ、あ……」

逃げたいわけではないのに手足が不規則に動いてしまうのは、感じたことのない感覚がどんどんルフィーナを侵食してゆくからだ。

——感じる……？　感じているの？　これが感じるということ？

言葉は知っていても実際の感覚がどういうものか知らない。

ルフィーナが左右に首を振ると、長く波打つ褐色の髪が白いリネンの上で躍《おど》り狂った。

しかし、これはほんの入り口に過ぎなかったのだ。

いつの間にか服が体から離れ、いつの間にかコルセットが外された。彼女の肢体は、ヴィルハルトの思惑通りに軽々と浮いたり沈んだりする。

「軽すぎるぞ。……もっと食え」

「なにを……」

「そうだな……ケーキか。パイも、果物も。冬はなにがいいかな」

疑問を呈《てい》されると、脳内で反射的に答えを探してしまう。

――冬は、……冬は、……リンゴ、柿？　あとは、なんだった？

「い、イチゴが……、あ、待ってください。ヴィルハルト様、待って」

「待てない」

ヴィルハルトは彼女が身に着けているものを楽しそうにどんどん取り去ってゆく。

やがて、上半身を覆う薄絹や、下半身の壁となるはずのドロワーズまでも身体から取り除かれてしまった。

その間にも、彼の唇が肌を弄《いじ》り嘗《な》め回す。乳房はもちろん、首筋から唇へ、そして胸元に口づけて吸いあげ、跡をたくさん残された。

「ヴィルハルト、さま、跡が残っているのでは、ないのですか？　……どうしよう」

「誰にも見せないだろう？　事務官の服は、あなたの肌をあまねく隠す。心配はいらない」

「そうでした……、でも、でも、私には見えてしまいます……っ、鏡が、ありますし」

目を閉じていたが、最後はうっすらと瞳を覗かせて彼に訴えると、一瞬動きを止めたヴィルハルトはすぐにルフィーナの裸の胸に顔を伏せてしまった。

驚いたことに、肩が震えているのは、笑っているせいだ。

――ツボは、笑いのツボはどこだった？　私、なにかした？

彼女が彼を笑わせる元になると本人に言われたと思うが、どういうときに笑みを見せてくれるのかまだ分からない。分かるのは、いま笑うのはとても失礼だということだった。

「ヴィルハルト様っ」

息遣いが速い中で絞り出したが、多少は抗議らしい声になったと思う。きつい視線を向けようとして、目じりに浮かんだ涙がそれを裏切る。

「ルフィーナ……。可愛いな……」

抱きしめてくる腕の強さが苦しいほどだ。

すでに肌を晒していた。そして信じられないことに、彼もまた服を脱いでいる。いつの間にと思ったが、目の前にある筋肉を這《は》わせた胸元や肩などに視線が吸い寄せられた。

――傷跡が、いっぱい？　お父様のせい、じゃないわよね。

エルト公に剣技を試されたといっても、まさかそのときに傷までつけられているとは思えない。今回の暗殺未遂のようなことが、過去にもあったということだ。

彼の胸まで視線を飛ばせば、あとは目を閉じるしかなかった。怖くて下肢まで見られない。素肌に這うヴィルハルトの掌が熱いと感じる。彼は興奮すると掌を熱くさせるのだろうか。表情は硬い。まるで作業でもしているかのような顔になっている。

集中すると、仕事と同じでこういう顔になるのかもしれない。

それとも、なにかに追い立てられているから？

「あん、ん、……胸、も、いやぁ……」

乳首を吸われて舌で転がされると、閉じている瞼《まぶた》の裏がちかちかとした。

ルフィーナの乳房や突起を蹂躙する舌に狂わされて、いつの間にか彼の頭を両手で緩く抱えている。銀の髪が指の間を滑る感触がとても魅惑的で気持ちが良かった。

舌で彼女を味わうヴィルハルトが感想を漏らす。

「肌が、白くて、滑らかで、綺麗だ。北の人なんだな……」

——でも髪色は濃いのです、それは魂が導いてきた前世の影響で……。

と、気を反《そ》らそうとしたためか、まったく別なことを口走りたくなってしまった。

ヴィルハルトの手の移動先を意識が掴めなくて、下肢の茂みを撫でられたときに止めようもなくびくんっと背中が撓《しな》った。

この先が予感できて、上気していた肌の熱がさらに上がる。

「力を抜くんだ、ルフィーナ。無理やり足を広げることはできる。だが、したくない。膝を曲

げて、足を開いてくれ。私に、抱いてもいいのだと示してほしい」

頭の中がかっと燃えるように熱くなる。躰《からだ》の内側に火が入ったかと思えるほどだ。

「そんな、……私に選択させるなんて、……ずるいです」

「そうだ。あなたに対しては策なんてない。真正面からほしいと言ってしまうんだ」

ルフィーナは目をぎゅうと閉じて、膝を立てるとゆっくり開いてゆく。

すでに下肢の際まで到達していたヴィルハルトの手が、内股の深くへ入った。

息が上がってくる。そんなところに人の手など入れて自分はなにをしているのだと、精神が悲鳴を上げるが、相手はヴィルハルトなのだと自身を納得させる。

「白いな……」

感嘆したような声がする。足の付け根の陰を見られているのだ。

――明かりが……っ。

今のいままで気にも留めていなかった。

「いや……っ、明かりを、消してください。……恥ずかしいですっ」

「ルフィーナのすべてを見たいんだ。諦めてほしい」

抑えた言い方でも情感に溢れた声音が耳に入ってくる。

真っ赤になっているであろう顔を見られたくない。ルフィーナは枕の上で横を向くと両手を上げて、左右二つの手の甲で隠した。

彼女の硬く閉じた下の口をヴィルハルトの指が何度も撫でながら、彼のもう一方の手が胸の膨らみを揉んでいる。体中が熱せられて身悶《みもだ》えした。

きっと、もうすぐ割れてしまう。奥が暴《あば》かれる。、恥ずかしいすべてを見られてしまう。

「怖い、……怖いです。ヴィルハルト様っ」

思わず高い声を上げると、彼はルフィーナの頬にキスを落とした。

「大丈夫だ。これだけ細くても、胸はたわわに実っている。中もきっと十分濡れる。そうすれば、たぶん痛いのは最初だけだろうから……」

「痛いのですか？　……痛い方が、いいかも。我慢できるし。気持ちが良いのは……我慢、できません」

そこで、ヴィルハルトはきっと笑ったのだ。性急になった彼の指が、しっかり閉じていた肉の割れ目を押して開け、内部に潜った。

「あ、あん……っ、あぁっ……」

開いた脚を閉じようとしたところで、胸のところにあった彼の手が膝を掴んで止めた。

ヴィルハルトは彼女の膝の間に移動していた。いつの間に。

後はもう、指で陰核を弄られながら、身体を跳ねさせる一方になった。

見られているのも快感に通じると初めて知る。羞恥が感覚の鋭敏さを押し上げてゆくのだ。

ルフィーナの肌の隅々まで視線が這い、足の間にいる彼が指で内股を愛撫《あいぶ》しながら眺める状態になると、もうたまらない。泣いて訴える。

「見ないでぇ……、恥ずかし……。ああ、あん……っ」

訴えは少しも考慮されなかった。彼はばらばらと指を使い陰唇を広げて隘路《あいろ》を撫で、舌で内股を味わう。どんどん愛撫を深くしていった。

指は意地悪くルフィーナを責め立てる。淫靡《いんび》な豆はすっかり膨らんで、ヴィルハルトの指は女陰の内側から溢れ出てきた愛液を載せて、愛芽をつるつると撫で回した。

そんなふうにされると、彼女は腰が抜けてゆくような快感に翻弄されるばかりになる。

「あぁ、あっ、そんな、……はっ、だ、め――ぇ……」

びくんっとのけ反って、初めての声を上げて達する。初めての快楽を全身で受け止めた。

全身を細かく戦《わなな》かせたあとは、くたりとなって身体中から力が抜けてゆく。

「……ルフィーナ、まだだ」

彼の唇が、濡れてひくつく陰唇に口づけを落とす。衝撃は、すさまじいものがあった。

快楽もあれば羞恥もあり、どうしようもなく逃げたくても、身体は易々《やすやす》と彼の情愛で蕩《とろ》かされてゆく。

「あー……ん、んっ、……あん、また……っ」

「達《い》け。そういう姿も、私を煽《あお》る」

ヴィルハルトの望み通りに何度も上り詰めた。意識が朦朧《もうろう》としたところで、膝裏に手を入れられ、ぐったりと投げ出していた脚を膝ごと持ち上げられる。臀部《でんぶ》が浮いた。

膝は胸に付くくらいまで動かされた。開いていたから、彼女の陰部は丸々晒され、そこに硬い一物が当てられる。

はぁはぁと速い息遣いの中で閉じていた瞼をわずかに持ち上げると、彼女を貫こうとしているヴィルハルトの顔が見えた。情感の高まりと緊張が窺われる。その一方で、心配そうでもあった。

——私が、壊れるんじゃないかって……心配されている。

早い呼吸を繰り返し、ぐったりと投げ出している力の抜けた肉体は、確かにまだ弱いかもしれない。けれど、愛する人の熱情を受け取れないほどではないはず。

荒い息の中で、ルフィーナはヴィルハルトに向かって微笑した。

「ヴィルハルト様、……好き、です。ずっと、お慕いしていました」

朝のストレッチや縄跳びに、たまには付き合ってほしいと言いたくて言いそびれた。ヴィルハルトが上体を倒してキスを仕掛けてきたからだ。

その動きと同時に、媚肉が割られ長大な雄がめりめりと挿入されてくる。

「う……——っ……あ、は、……」

味わったことのない痛みと、恐怖を誘う圧迫感で叫びそうになった。

内部が割れてゆく感覚は恐ろしい。けれど悲鳴はヴィルハルトが吸い取った。

「う――……、う――……」

ふぅふぅうと鼻で息をしている間にも、隘路を拓《ひら》かれてゆく。目元からは涙が飛び散った。けれどすぐに別な感情が溢れてくる。

――こうして繋がれる、なんて。すごく、嬉しい……。

湖のところで礼を交わしたときの情景が脳裏を過ぎった。自分の運命が、あそこで挨拶をしてきたのだ。

ふぅっと意識が遠のいてゆく中で、胎内に挿《い》れられたヴィルハルトの肉塊が欲望も顕《あらわ》に抽挿《ちゅうそう》を始める。

「あ、……ああ、あ……っ」

痛みもあれば熱もあり、そして内部を擦られる感触に無我夢中で応えるしかない。ルフィーナは夢中で両腕を上げると彼にしがみつく。想いの発露が抱きしめる動きになった。

「ルフィーナ……。愛しい……、私の、妻」

近いのか遠いのか分からないが、耳は彼の声を捕らえる。涙が溢れ出てくる。嬉しくて。けれど、情事の最中では言葉にして答えられず、ひたすら呻いて声を上げるばかりだ。

「あんぅ、あぁ……んんっ……」

快楽よりも、激しさで翻弄される感覚の方が強い。行為が初めての彼女は、蜜壺の内でまだ快感を得られないのだった。

陰核に手を伸ばされて弄られ始めると、もうなにがなにやら分からない。ヴィルハルトは上半身を起こして彼女の太腿を両側から抱えると、腰の動きを速めていった。

衝撃と熱の時間が過ぎてゆく。長いのか短いのか、知覚できずに終わりを迎える。

ぐったりとしたルフィーナの肉体を離して、速い息遣いをするヴィルハルトは、切れ切れに囁いた。

「本当は……、もっと続けたいんだが、なんとか収める。……休んでくれ。汚れてしまった部分は、拭いておくから」

眠くなってきて、『拭いておく』を聞きそびれた。

情事が終われば、事務官としての思考が頭を擡《もた》げてくる。

——傷跡がたくさんあった。跪《ひざまず》く人々の中にどれほどの裏切りが隠されているのかしら。大きすぎる帝国を、頂点に立つ一人の皇帝が動かしてゆく。どこかに無理が出るのは当然かもしれない。

「眠ったのか？　ルフィーナ」

うっすらと目を開けて彼に言う。

「ヴィルハルト様。どうか、私を置いて行かないでください。どうか——」

言っているうちに瞼が下りて、たちまちのうちに寝入ってしまったルフィーナは、そのあとのヴィルハルトの笑みを見ていない。呟きも聞こえなかった。

「大丈夫だ。あなたが手の中に入った以上、簡単には逝《い》けない。守るべき人を残すわけにはいかないからな」

額に口づけられたのもやはり意識の外だった。ルフィーナは、痛みもあったが、想い人の情愛の中で心の満足を得られて深く寝入ったのだった。


目を開けると、すっかり夜が明けている。

寝室には、侵入者避けのためなのかヘッド側に小窓が幾つかあるだけだ。

ドアは、リビングへの片扉と、水周りへ通じる簡易扉、そして肖像画の部屋に出入りできるものと三つある。廊下へ出る扉がないのは、たぶん窓が小さいのと同じ理由だ。

天蓋のカーテンが開けられていたので、目線を動かして昨夜はよく見ていなかった寝室を眺めたあと、彼女は上体を起き上がらせる。

身体のあちらこちらが軋《きし》むような状態でも、ひどく痛むわけではないから、大仰に騒ぐ必要もない。しいて言えば、運動を始めたころの筋肉痛に似ている。

寝室にも暖炉があり、火が入っていたので真冬の朝でも十分暖かだった。

——誰が火を入れたのかしら。侍女？　まさかリナじゃないわよね。誰かがこの部屋に入ったとしても、そのときは天蓋のカーテンが下されていた――と思うことにしよう。

公国でも、冬は眠っている間に暖炉の火が消えないよう配慮されていた。

ルフィーナの横でヴィルハルトも眠ったと思うがいまはいない。ベッド横に椅子があり、そこに彼女の衣服が掛けてあった。

ルフィーナは、足を床へ下して立ち上がろうとしたが、膝がガクガクと震えたので一旦ベッドの端に腰を掛けた状態になる。これはやはり筋力不足だ。

――たぶんだけど、ヴィルハルト様は手加減されていたわね……。もっと、あの方の求めに応えられるだけの身体になりたい。

体力だけがすべてではないが、いまのところルフィーナの思考が及ぶ範囲はそこまでだ。

今朝はさすがに運動をするだけの時間もなさそうだったし、体力的にも無理だった。

服を着付けている間に、自分の身体の汚れが拭われているのに気が付いて落ち込みそうだったが、すべては今後の精進《しょうじん》次第だと考えるしかない。

昨夜、リビングのテーブルの上に残した眼鏡は、髪のゴムと一緒にサイドテーブルに置かれていた。髪はいつもと同じで三つ編みのお下げにする。

服のポケットにある硬いものは、叔母にもらって飲んだローズヒップの瓶だ。

スカートの上からポケットの中にあるガラスの瓶を掌で確かめてから、ルフィーナはゆるゆると動き出し、片扉からリビング兼書斎へ出た。

そちらでは、皇子の服装を整えたヴィルハルトが、窓際のテーブル席に座って、すぐ横の窓から外を眺めていた。昼近い外は、陽射しに溢れ、冬にしてはずいぶん暖かそうだ。

ルフィーナが近づくと、彼はゆっくり振り返る。どきりとした。

銀髪と銀色の瞳と、硬い表情、強い視線。次期皇帝への畏怖《いふ》を覚えるほどの威圧感が漂う。昨夜の熱情溢れた様子は払拭《ふっしょく》されていた。

ルフィーナは数歩手前で歩みを止めて、貴婦人の礼をする。

「おはようございます。ヴィルハルト様」

ヴィルハルトも硬い表情はそのままで『おはよう』と返してきた。そして付け加える。

「眼鏡は落ちなくなったな。工務部はいい仕事をする」

ルフィーナは目を瞬いた。エルト公女の噂をタブーにしたのと同じで、事務官フィーナのことは、どこからでもヴィルハルトに報告が入るようだ。皇帝宮はヴィルハルトの手の内だ。それでも暗殺者はやってくる。

——それだけ相手が強力ということかしら。人を何人も動かせるほど規模が大きいのかもしれない。でも失敗している分、詰めが甘い相手、なのですね。

彼は、ルフィーナの動きを目で追って動きにおかしなところはないかと確かめた。

「身体の調子はどうだ」

「大丈夫です。よく眠れましたから」

「それなら医師を呼ぶこともないな。座ってくれ。これからのことを話そう。その前にお茶を淹れてくれないか。君の分もだ」

ワゴンがあり、そこにお茶を淹れる用意がしてあった。火鉢《ひばち》の上に口が上向きに細長く出ているポットがあり、湯の温度が常に保たれた状態になっていて、他にカップやソーサーなども揃《そろ》えられている。

ルフィーナは、『君』と呼ばれたことから、この段階から事務官フィーナとの打ち合わせになったと悟る。

執務室のヴィルハルトは、机でお茶を飲みながらでも書類を捲る。そのときの彼女はソファのところで休憩しているので、向き合って話しながらお茶を、という状態からは遠い。

それでもいまこそ、と言わずにはいられなかった。

「ヴィルハルト様。母の代から飲んでいるハーブという茶葉があります。いま持っているので淹れてはいけませんか？」

「母上も飲まれていたのか。構わない。淹れてくれ。ぜひ飲んでみたい」

「では、すぐに」

ポケットから取り出した小瓶の尖った蓋を開けてローズヒップを出すと、二人分のハーブティを淹れた。ヴィルハルトの前にカップを置くと、彼は『赤いな』と驚いた声音で言ってから、顔を近づけて香りを確かめる。

「いい香りだ」

彼女が自分のカップを置いて対面に座ると、ヴィルハルトはゆっくり味わってくれた。

「甘くて少し酸味がある。ベリー系か？」

「はい。私の体に必要なビタミ……いえ、栄養素が多く入っているのです。どちらかと言えば女性的ですね。他にも種類があるのです。いまはそれしかなくて」

そう言って彼女も飲んだ。昨夜からの緊張や、熱情に晒された精神がほっと息を吐いた。

「では、今後のことだ」

優し気だったヴィルハルトの銀の瞳が、冴《さ》えた視線を寄越す。これは執政者のまなざしだ。

――上司と部下になった。笑い合って話をして……という状態からは遠いわね。でも夢も願いも半分は叶った。いまはそれで充分。

「まず、第二補佐官の証言を覆して、エルト公への嫌疑を晴らす」

「はい」

それができないと、ルフィーナが公女の名乗りを上げても、皇帝宮が混乱するだけだ。

次に、婚約の破棄はなくなり、ルフィーナとヴィルハルトは婚約状態として秘密裏に婚約の儀の準備を進めるということ。

儀式ばかりで準備が大変になる婚儀そのものは、その後ゆっくり考えればいいらしい。

婚約の儀を済ませて内外に交付するのがもっとも重要だと言われる。そして、以上のことを早急にヴィルハルトからエルト公王に知らせるつもりでいるということ。

「知らせが届けば、公王はすぐにこちらへいらっしゃるだろう。公王とも打ち合わせることが多いな。……一発や二発は殴られそうだ」

最後の一言を口に載せたとき、ヴィルハルトの眉根が寄って皇子然とした硬い表情が少しだけ崩れた。ルフィーナは目を細めて微笑む。執務室では見たことのない表情だ。熱い一夜の影響は彼にもあるのかと、どこかほっとする。

ルフィーナは皇帝宮から父親に手紙を出したことをヴィルハルトに伝える。

「皇帝宮へ入った翌日です。別荘へ到着したときも出しましたが、皇帝宮で事務官をすることを伝えするために、皇帝宮からもう一度出しました」

「誰宛てに？　差出人の名前はどうした？　もしも公王宛てに出したのなら、私に知らせが来るし、差出人が公女の名前なら、なおさら報告がある」

「ヴィルハルト様付きの女性事務官フィーナから、父の事務官宛てです。中身は一見したところで、私だとは分からない書き方をしています。……一か月過ぎていますので、実はそろそろ父がこちらへ到着するころかと思うのですが、先触れはまだ来ていませんね」

父親がエルト城から皇帝宮まで来るのに、掛かる日数は十日ほどだ。手紙が向こうへ二週間で届くとするなら、出掛ける準備を一週間と考えて、三十一日後にはエルト公王が皇帝宮に着くという計算になる。

彼女が皇帝宮に来てからすでに一か月過ぎているのでそろそろだと思うのだが、ヴィルハルトの考えは違った。

「別荘で出した手紙に国境を越えて帝都へ行くと書いたのなら、その時点でエルト公は必ず動く。いまになっても皇帝宮へ到着していないのはおかしい。別荘や皇帝宮で出した手紙は届いていないのかもしれないな」

「別荘では、叔母に仕える人に持って行ってもらいましたし、皇帝宮の郵便は、リナが出す方法を教えてくれました。……皇帝宮からのものは郵便事故もあり得ますね」

盗まれたとしても、大した内容は書いていない。父親の秘書官が見て初めて誰が出したのか理解できる手紙だ。

ヴィルハルトは顎に手をやって深く考え込んだ。

「フィーナ、手紙に関わったのはあなたの叔母のビアーチ夫人とリナということだな」

「はい。ですが、あの二人が何かしたとは思えません。叔母は私が皇帝宮へ来るのを助けてくれましたし、リナのことは友人だと思っています」

そこでふと、リナについてヴィルハルトに確認しようと考えていたことを思いだす。

ルフィーナは、対面へ視線を向けて、かねてよりの疑問を口にした。

「ヴィルハルト様が私とリナを同室にされたのですよね。私がルフィーナかもしれないと考えられて、世話とか見張りとか、そういった指示を出されていたのでしょうか」

ルフィーナが北の渡り廊下で朝の運動しているときに、初めてヴィルハルトが来た。その場所を教えてくれたのはリナだったから、てっきり彼女が伝えたと思ったのだが。

少しばかり背を引いた彼は、不思議そうに言う。

「出していない。リナは、五年ほど前にビアーチ夫人が連れて来た。いずれ公女の世話をさせたいから、皇帝宮のことを学ばせたいと言われたんだ。後見はビアーチ夫人だ。調査しても問題はなかったし、エルト公の義妹《ぎまい》の頼みだから受け入れた」

五年前なら、リナが十六歳のときだ。侍女見習いの少女は十二歳からでも始めるから、違和感はない。ただ、後見がビアーチ夫人なら、一言もその話が出なかったのは奇妙だった。

「同室にしたのも、『フィーナは私の侍女ですから、是非リナと同室に』と、ビアーチ夫人の強い要望があったからだ。あなたのためになると考えて了解した。それだけだ」

「そうですか。私はてっきり……あ、それなら、朝の運動をしていることをヴィルハルト様に教えたのは誰なのでしょうか」

「シュウだ」

なるほどと納得した。

ヴィルハルトは手紙の件の対応を決める。

「手紙の行方は調査してゆくことにして、私の方から再び密使を立ててエルト公に現状をお知らせする。婚約破棄の件も謝罪して、約定の復帰と、婚儀は滞《とどこお》りなく進めることも伝える。あなたが私のところで事務官をしていることも。帝国への入国許可証も同封しておく」

昨夜の件は避けてほしいが、頼むのも気恥ずかしくてそれについてはなにも言わなかった。

「……密使、ですか。きちんと届くでしょうか」

「シュウに行かせる。前回の密使も奴だった。毎年私が絵を届けるときも付いて行っているから公王とは面識がある。エルト公は、シュウが持ってゆけば、下手な詮索をせずに書簡を受け取ってくれるはずだ。手紙を同封することもできるが、どうする?」

「ヴィルハルト様に便乗するのは、父の怒りに油を注ぐような気がします。父には私が直接、ことの流れの説明や、自分勝手に動いたことの謝罪をしたいと思います」

言ってから苦笑した。現状説明はさらなる怒りを買いそうだ――ヴィルハルトが。

廊下の方で人の声が聞こえた。もう行かねばならない。

ルフィーナは立とうとしたところで、まだ聞きたいことがあったのを思い出した。

「『噂話は千里を走る』ということわざをご存知ですか? 私の覚えでは噂話ではなくて『悪事』なのです。探しましたが書物にも載っていませんでした」

ヴィルハルトはとても怪訝《けげん》そうにルフィーナの言葉に耳を傾ける。

「『悪事』で合っている。それはガリア王国のことわざだ。グレイドの書物には載っていない場合も多い。千里というのは、この皇帝宮からガリアの王城を超えたあちらの領土の端までの距離だ。転じて『はるか遠く』という抒情的《じょじょう》な意味にもなる」

「ガリア王国のことわざ……。そういえば、鉱山のことで揉めていましたよね。不可侵の条約も結んでいない国です。国境の要塞の補修は、資金不足という訴えが来ていました」

「あれで足りないとはな。いまのガリア王国は勢いがある。できれば争いたくないが、どうなるかは分からない。シュウに任せてある。フィーナ。要塞の件以外は手を出すな」

はっとしてヴィルハルトを見つめる。彼の目が青い陰を濃くして鋭さを増していた。

――これ以上は踏み込むなと言われた。財務が関係するから要塞の件が私に回されただけで、ガリア王国とは、本当に微妙なやり取りになっているのね……。

他国との問題に、彼女が口を挟める余地などない。

「フィーナ。そろそろ休め。今日も休日にする」

「二日続けての休みなどいただけません。シュウさんが密使として出てしまうなら、今日だけとはいえ、ヴィルハルト様の事務官がいないことになります」

「人の半分の時間で長距離を行くには、それなりの準備も必要だ。シュウは明日出ることになるから、今日の時点では休める。……少し無理をさせたから休んでくれ。ルフィーナ」

はっとして見つめてしまった。皇子としての彼の後ろから婚約者の顔が覗いた。

ルフィーナは、かぁっと頬を赤くして目を伏せる。過保護だと思うが、そうさせてしまうのは自分だ。

――強くなりたい。身も心も。

ルフィーナは椅子から立ち上がった。

「ではもう行きます。あの……」

こういうとき、なにを言えばいいのか少しも分からない。ヴィルハルトも立ち上がり、彼女の手を取ると扉まで誘導してゆく。貴婦人に対する扱いだった。

「今は事務官のフィーナなのですが」

彼女を見つめるヴィルハルトは眉を寄せた。

「意識を切り替えなくてはあなたのことが気になって政務にならない。かといって、簡単に頭を切り替えられるかどうかは、対象次第ということだな」

——対象次第？　他の者ならできても、私相手には……いいえ、思い上がりはダメ。

奥歯を噛みしめて己を戒《いまし》める。

両開きの大扉の前まで来ると手が離される。向き合ったところで、ルフィーナは事務官の様相で彼に伝える。

「書き直している財務諸表ですが、数字に偽りがあると思います。もっとはっきりした伝票明細の構造と金額を出せましたら、ご報告します」

「……つまり、財務長官の横領だな」

はっとする。もとより疑っていたから財務諸表が彼の執務室にあったということだ。皇帝代行の皇子が調べている以上、証拠さえ上がれば罪状が一気に明るみに出る。

ダグネル長官がそれを避けたいと考えたなら――。

「暗殺未遂事件の黒幕は、財務長官のカルス・ダグネルということですか？」

「あいつだけでは難しい。私を暗殺したからといって一時的なごまかしを通すだけで、あの男が皇帝になったり、貴族の身分を手に入れたりはできないからな。すぐに軍部が蜂起《ほうき》して一気に内乱になる。なんらかの特別な後ろ盾があれば別だが……」

彼はルフィーナを見据えて続けた。

「無理はするな。あなたが危険になっては、エルト公国まで巻き込むぞ」

「……はい」

次期皇帝のヴィルハルトは己の価値をよく知っている。彼は、帝国の治世《ちせい》を担い、内乱を避けられるだけの皇位に対する正当性を持ち合わせ、軍部までも押さえていた。

いつも見ている彼の表情の硬さがわずかに綻《ほころ》び、ルフィーナを気遣うまなざしになった。

――私の弱さでヴィルハルト様の表の顔を崩してしまう。これではいけない。もっと強くならないと。心配することなく見送ってもらえるように。

彼女は一礼をしてにこりと微笑むと、両扉の一方を開けて廊下へ出て行った。

部屋へ戻ってシャワーを浴びた。まだ帝都にいるのか、リナはいない。

共同の入浴場ではなく、部屋の水周りにシャワー設備があるのは助かる。髪を洗って乾かしてから、丈の長い綿のシャツを着ると、ルフィーナはぱたんとベッドに倒れ込む。

やはり、初めての体験は大層な疲労を身体の中に残した。気力で保っていたものが、部屋に一人でいることで体中から力が抜ける。目を閉じると一瞬で熟睡した。

どれほど横になっていたのか、ふっと目覚めてみれば、窓からはすっかり夕暮れ時になった冬の空が見えていた。

起き上がった途端、声が掛かる。

「フィーナ、ごめんね、起こしちゃった？　そろそろ眠る時間になるけど、もう寝られないね」

「お帰り、リナ。十分寝た気がするけど、まだまだ眠れそう。帝都はどうだった？」

「今年もあとひと月ってことで、人がいっぱいだったよ」

外出着から眠るときの綿シャツに着替えたリナは、大きめの手持ちの布バックから戦利品と思われる品々を出してベッドの上に広げる。

ちょうどいいので、ルフィーナはヴィルハルトの部屋で疑問に思ったことを訊く。

「ね、リナ。あなたは五年前、ビアーチ夫人の推薦でヴィルハルト様の侍女になったのね。びっくりしたわ。後見も私と同じで夫人なの？」

「そう。皇帝宮へ侍女の仕事を学ぶために来たのよ。夫人には親が頼み込んで後見になってもらったんだ。話したことなかったかな」

　リナは明るく笑って頷いた。手は動いたままで、ベッドの上の品物を検分している。

　ことわざのことも話しておかないとリナが困ると思って口を開き掛けたら、いきなりこちらを向いた彼女は、手で持ったものをルフィーナに見せる。

「これ見てー。フィーナにお土産だよ」

「あーっ、ハーブ？　三瓶も」

「ルフィーナが飲ませてくれたカモミールね。それとミント。あと、ジャスミンよ。リラックス効果ですって！」

　楽しそうに見せてくれたのは、先が尖った形状のガラスの蓋を持つ小さめの瓶が三つだった。それぞれ形が少しずつ違うのは、中身がすぐに分かるための配慮だ。

　ルフィーナはベッドから立って机の引き出しを開けると、スカートのポケットから出して仕舞っておいた小瓶をリナに見せた。

「ビアーチ夫人にいただいたの。帝都で手に入れられたとかで、同じ店かもしれないわね」

「そう。ビアーチ夫人が……。赤いわ。そういうの、あったかしら」

「ローズヒップっていうのよ。ビタミンという栄養素が豊富で酸味が効いているの。こさなくても飲めるのよ。美味しかったわ」

　黙ってしまったリナは、ルフィーナの言葉を聞いて笑った。

「もう飲んだのね。美味しいんだ。……でもね、まずは私のから飲んで。だって、ずっとフィーナのを飲んでたからなくなっちゃったじゃない。これはお土産《みやげ》。もらってよ。そちらは引き出しに入れておくといいわ」

すっと立ったリナは、緩く握っていたルフィーナの手からローズヒップの小瓶を取ると、引き出しに仕舞う。

それから自分が買ってきた分のカシスを取り上げてお茶を淹れる態勢になった。

ストーブはルフィーナが眠ったときには消していたが、後からリナが火を入れたらしく、やかんも乗っている。やかんの蓋から蒸気が出ているから、もうすぐ沸きそうだ。

リナは自分の机の上に、ポットやカップなどを並べる。

「ポットやカップは貸してね。ルフィーナは座っていて。一緒に飲もう。実は、しばらくこういう時間が取れないから、今夜はゆっくりしましょうよ」

「しばらく……？　どうして？」

「実はね、あと二十日ほどで東の隣国になるガリア王国？　そこのアンジェラ王女殿下が不可侵とかを話すために来られるそうよ。そのせいで、すっごく忙しくなるわ。夜も部屋に戻ってこれないかも。フィーナに飲んでもらわないと宝の持ち腐れよ」

ガリア王国に対して、要塞の補修まで考えているというのに、水面下では不可侵条約締結などが進んでいるのか。表裏一体で、どちらに転んでも対処できることを考えた政策を進めるのはよくあることであり、むしろ必要だ。

しかし、ルフィーナは秘書官なのに、少しも聞いていない。

「王女殿下が来られても、国同士の話が進むとは思えないけど……」

「ほんとよ。王女殿下というのがミソね。本当は皇子殿下との縁談のためだって。お見合いなのよ。そこまで話が進んでいるなら、これはもう決まりね。年明けまで滞在されるのよ」

「……っ！」

ルフィーナは驚きで声も出なかった。丸い目をして、口を薄く開けた愕然《がくぜん》とした表情で、笑いながら噂話を繰り広げるリナを凝視した。

「皇帝宮はいまその話題でもちきりなの。内緒なんだけど、エルト公国の公女様との縁談は潰れたらしいし。あ、前はそちらだったのよ。いまの時点では、ガリア王国との条約の方が帝国のためになるっていう大臣も多いみたい」

ストーブの上のやかんを手に取ったリナは、ハーブティを淹れてゆく。ルフィーナは呼吸が苦しくなって胸を抑えた。

――心の衝撃で倒れてしまう、そんな自分とはもう決別したのよ。受け取るべきは受け取って、自分の足で立って動いて、自力で対応してゆかないと。

しかし、言葉が出ない。ルフィーナの様子がおかしいのはまる分かりだと思うが、リナはひたすらハーブティを淹れる作業に集中している。

「第二秘書官の証言があるから、エルト公王陛下は危険人物だっていう人もいるし、今まで噂一つ流れなかった怪しげな公女様よりも、アンジェラ王女殿下との縁談の方が、利用価値が高いということかしらね。皇帝陛下まで動かれているっていう、もっぱらの噂よ」

ずいぶん具体的な話だった。ただの噂や伝聞だけのものとは、とても思えない。

皇帝陛下が直々に動かれているなら、ヴィルハルトがいかに実質の執政者だとしても、逆らうのは難しいかもしれない。

条約を結ぶにしても、婚姻とセットにした方が成り立ちやすいのは、どこでも同じだ。ルフィーナのときも、初めは政略的意味によるものだった。

ヴィルハルトが、要塞の財務部分以外のガリア王国について、ルフィーナに関わらせないのは、裏でこういう事態になっていたからだ。彼女に心労を掛けないためなのか、それとも、結婚相手を交換する余地があるからなのか。

――だからどうするというの。疑っていいことじゃない。婚約をもとへ戻すという彼の言葉を信じる。

リナは、今度はアンジェラ王女について皇帝宮で流れている噂を話し始めるが、ルフィーナの耳を素通りしてゆく。彼女は自分を落ち着かせようと必死なのに、どうしても王女のことを考えてしまう。

――健康な人なのでしょうね……。体力もあって……。

そこで『美しさ』へ頭がいかないところに、ルフィーナの悩みの根源がどこにあるのかが分かる。本人も周囲もそれには気が付かない。

「はいこれ」

ぼんやり顔を上げれば、リナがソーサーの上にカップを載せて差し出していた。

ジャスミンの香りがする。リラックス効能は確かにあったかもしれない。それを飲んだルフィーナは、次第に眠くなってきた。

「もう寝なよ。ストーブは消しておくから」

「……そうする」

昼間あれほど眠ったにも関わらず、ベッドに横になると瞼が下りてくる。

「ねえ、フィーナ。あなたは私より三つ下なのよね。妹みたい」

うっすらと開けた眼に、ベッドの端に腰を下ろしたリナが優しいまなざしで見下ろしているのが映った。ルフィーナは、ぼそぼそと答える。

「妹より、友達の方がいいな。私ね、リナが初めての友達なんだ」

「そっか。初めてなんだ。それなら、友達の方がいいか」

リナは笑った。ルフィーナも笑い返す。苦しい胸の内があっても、形だけでも微笑できるなら、眠りはなんとか訪れる。リナがいてくれて、とても有難い。

第四章　深い思いは魂までも運ぶ

シュウは密使としてエルト公国へ向かった。

秘書官が一人ではどうしても手が足りなくなり、ルフィーナは夢中でヴィルハルトの補佐をする。頭の中は常にフル回転状態だ。

やりがいがあって楽しい反面、本人に自覚がないだけで、仕事に没頭するのはなにも考えないための自己防衛だった。心の中の奥深いところでは、ヴィルハルトに持ち上がった新たな縁談の前に足が竦《すく》んでいる。

彼がその縁談をどう思っているのか、どうするつもりなのか、怖くて訊けない。

『根《こん》を詰め過ぎるな』

叱責《しっせき》に近いヴィルハルトの注意があってようやく、仕事量が調整されている。

――この調子で続けると、前世の二の舞になってしまう。

自分でも気を付けているつもりだが、直属の上官ヴィルハルトには、かなり甘い考えでの動きに見えるらしい。

執務室では、ヴィルハルトは硬い表情をして厳しい態度を取る。表の彼だ。

その状態での彼に、夜の宮廷予定がないとき、金ボタンの頭にある彫りと同じ印が押された小さな紙を手渡された。

最初は分からなかったから、『これはなんでしょうか』と訊くしかなかった。

『今夜来いという合図だ。君には同室者がいるから、私が行くわけにはいかない』

くわぁぁ……と頬を赤くして見上げれば、ヴィルハルトはふいっと顔を横に向ける。怒っているのかと思ったら、どうやら困っているらしかった。

初めての態度に接して、彼については、まだまだ知らないことが多いことを悟る。

いつも夜になってシャワーを浴びてからヴィルハルトの居室へ向かう。小さな紙を楽しみにしてしまう自分が少々恥ずかしい。

リナには『呼ばれているから』と言う。察しているのか彼女はなにも言わなかった。

感情を抑制して政務をこなすヴィルハルトは、夜には一変する。

ルフィーナを激しく求め、貪《むさぼ》る。何度も名前を呼ばれた。心配げに抱き寄せて守る仕草をするときもあった。熱く求めながらも、行為の途中で少し不安そうに彼女を眺める。こんなふうにして大丈夫だろうかという疑問を常に持っているのが見て取れた。

自分の身体の弱さが彼の情欲の奔放《ほんぽう》さを縛っている。

──ヴィルハルト様の求めには、すべて応えられるようになりたいのに。

彼の心配を取り除きたくて、ベッドの上で嫌だと言ったことはない。どれほど息が上がってもヴィルハルトの望みはすべて叶えたかった。

ときおり、彼女を翻弄しながら、食い殺したいと言わんばかりの目で見られる。恐ろしいような視線に怒りの気配が漂っていた。

――私ではあなたを満たせないのでしょうか。

すぐにへばってしまう自分が哀しい。

時折叔母に呼ばれて、『暗殺未遂事件がどうなっているか、皇子殿下に聞いた？』と尋ねられるが、首を横に振っている。事務官の守秘義務を破ることはできない。『エルト公に疑いが掛かっているのよ』と強く言われても、口を噤《つぐ》んでいた。

叔母には、彼女が頻繁にヴィルハルトと夜を共にすることは言っていないが、情報通なうえ、ルフィーナの些細《ささい》な変化もすぐに見抜くからきっと察している。当然、隣国のアンジェラ王女のことも耳に入れていると思うが、やはり訊けないでいる。

前世で隼人に破談にすると告げられたとき、理由も聞かずに泣きながら走り去った心の弱さがいま出ていた。

――ガリア王国の王女殿下との縁談はどうなっているのですか？　ガリア王国と争うことは避けたいとおっしゃっていましたよね。

それなら、その縁談を受ける可能性もあるのではないかと考えてしまう。

皇帝陛下や大臣たちが総出で主張したら……と思考は止めようもなく膨らんだ。

ヴィルハルトは、毒殺にも十分気を付けているのに、ルフィーナが淹れるお茶は迷いもなく飲んでくれる。最初の夜を過ごした翌朝、ローズヒップティを淹れたときも迷わず口にしてくれた。その信頼がとても嬉しい。

部屋に残しておくのも心配なので、ローズヒップの小瓶は常にポケットに入れていた。

行為の後のわずかな時間を、ルフィーナがハーブティを淹れ、向き合って飲む時間がとても貴重だ。上司と部下になって打ち合わせる執務室の延長になるが、それでも夢の欠片に触れているようで、心の安定を少しでも得るためにとても役立っていた。

部屋にはリナからもらった小瓶を引き出しに仕舞って、有難く飲んでいる。


財務資料を簿記に書き換えるのもどんどん進めている。横領は間違いないが、誰がやっているかという部分で確証が不足していた。確定的な書類にダグネル長官のサインがない。とはいえ、あとはそれを見つければいいところまではきている。

カルス・ダグネルはやり手だ。庶民の出でありながら、財務長官の地位まで上り詰めた。

四十代の普通の体格をしているが、背が高いので細身に見える。

薄い茶の髪をライオンの鬣《たてがみ》的に後ろへ撫でつけて、早足で歩くのが特徴だ。

神経質そうな細い眉と目を持ち、御前会議では、薄い唇を目まぐるしく動かして大層な熱弁をふるうらしい。国庫の管理者は強い主張もできるというわけだ。

ダグネルとは、廊下で行き合ったことが二度ほどある。

一度目は、廊下の壁に寄って頭を下げたルフィーナの前を通り過ぎただけだった。二度目は、真ん前で歩みを止められて大層焦った。

「皇子殿下の新しい女性秘書官ですね。顔を上げてください。挨拶がまだでした」

丁寧な物言いは用心深さからくるとシュウに聞いていた。

「フィーナ・トゥトと申します。よろしくお願いいたします」

「こちらこそ」

目を伏せながらそっと顔を上げる。ダグネルが彼女を上から下まで眺め回すので、非常に居心地が悪かった。やがて、小さな呟きが耳に入る。

「聞いていたのとずいぶん違うな。健康そうだ」

「え？」

目を向ければ、ダグネルは体の向きを変えて立ち去るところだった。ぽかんと見送るルフィーナの視界の中で、鬣のような髪が遠ざかって行く。

そのあとで叔母のところへ行った。ちょうど向かっている途中の廊下だったからだ。

叔母には財務長官の派閥から抜けるよう忠告したいが理由は話せない。

勘のいい叔母はその時点で、実際の嫌疑が誰に向けられているかたぶん察する。ルフィーナは守秘義務の逸脱になることを思えば、疑惑の片鱗《へんりん》たりとも口にはできなかった。

不安を抱きつつも日々は過ぎ、冬はどんどん深まってゆく。


年の瀬まで七日と迫った日。ガリア王国の王女アンジェラが、グレイド帝国を訪れた。

名目としては『不可侵条約の打診または締結のための草案提議』なので、訪問を断る理由はない。断れば、その時点でガリア王国との戦いの準備を始めねばならない。

ルフィーナは、夕方になって執務室を出た。周囲を見回しながら部屋へ向かう。

――さすがにどこもざわついているわね。

今夜は歓迎の大舞踏会が予定されている。

皇帝宮の裏側を仕切る棟に入ると、廊下を走る侍従や侍女が多くなった。特に、厨房の近くはかなり忙しそうだ。

ルフィーナは、邪魔にならないよう歩いていたのに、廊下の角で、向こうから走って曲がって来た者と出合い頭にぶつかってしまった。

「あっ」

相手の勢いに押されて床に腰を落とした。スカートに助けられて痛みはさほどない。

相手は大量のジャガイモを籐《とう》のカゴで運ぶ厨房の少年だった。少年は大声を上げる。

「うわっ、ごめんなさいっ」

謝罪しながら横倒しになった少年は、さすがに若く元気なだけあってすぐに起き上がる。大変なのはジャガイモだ。廊下に散らばってしまった。

ルフィーナも床に膝を突いて、転がってゆくそれを少年と先を争って拾い集めた。

軽くぶつかり合いになりがちだったのは仕方がない。大慌ての少年が見習いなら、遅れるときっとすごく怒られる。

他にも行き合った下男や下女中たちも手伝ってくれて、ようやく集め終わり、カゴも元通り山盛りになった。

「ありがとー。ぶつかってごめんね、事務官さん。他の人たちもありがとー」

服装から事務官というのは誰でも分かる。少年は明るく言って走り去った。その場で手伝ってくれた者たちも散って行く。ルフィーナも、再び廊下を歩き始めた。

途中で誰もいないのを確かめてから、彼女はポケットからハーブの小瓶を散り出す。

——割れていない。よかった。

残りは少ない。あと一回分くらいだ。

お守りのようにして再びポケットに入れると、ルフィーナは自分の部屋へ戻った。

ぱたんとドアを閉めると、外の喧騒《けんそう》も遠くなる。

──千里と言えないまでも、長距離をやって来て到着した日に大舞踏会だなんて。私にはあり得ないスケジュールだわ。

つい自分の場合と比較してしまう。

賓客《ひんきゃく》があろうがなかろうがルフィーナの日々に変わりはない。

執務室で仕事に励むか、今日は休みと言われて部屋にいるか、または庭を歩いたり図書室で調べ物をしたりする。あとは朝の運動を長くするくらいだ。

今日はどうしてもやっておくことがあったので、誰もいない執務室で作業をしていた。部屋へ戻った今は、机に向かって読み掛けの資料本を広げている。

──私って、世間知らずで、話題も乏しくて、社交的とは言えないし……。

事務官として有能と言われ、彼から直接、伴侶となって手助けをしてほしいと望まれた。ルフィーナは彼の笑いのツボを無意識に押すこともあるらしく、ヴィルハルトはたまに大笑いをする。

彼のためになることは全力で頑張る予定だ。しかし、女性としてはどうだろうか。

アンジェラは、とても会話が上手だそうだ。華やかな笑顔で周りの者を楽しくさせる名人らしい。そしてなにより溌剌《はつらつ》としていて快活で朗《ほが》らかだという。

──健康なのよね、きっと。ちょっと羨ましいな。

二十一歳の第二王女であり、ダークブロンドの長い髪の先が巻き毛になっていて、とても華麗で、動くさまも優美だとか。けれど少々遊びに勤《いそ》しみすぎて、男性の取り巻きが多いということまで、噂として出回っていた。

どうしてこれほど多大な情報が流れているのか不思議でならないが、ヴィルハルトはアンジェラに関する噂は、良きにつけ悪《あ》しきにつけ、抑える気はなさそうだ。

――身体が弱いとか、すぐに寝込んでしまうという話は消すしかないものね。それが婚約者ならなおさらのこと。

自分を引き合いに出して考えてしまうのをやめたいが、どうしても意識がそちらへ行ってしまうので困った。これではいけないと、ルフィーナは眼を瞬く。

――やめよう。自分で考えてやれるだけのことはしているつもりよ。こんな私でも、大切にしてくださる方はいる。お父様や叔母様、……ヴィルハルト様。

自分で自分を卑下しては、守ってくださる方々に申し訳ないではないか。

――ヴィルハルト様。アンジェラ様に、もうお逢いになられたわね。皇帝陛下と皇子殿下には、謁見《えつけん》の間で顔合わせになるもの。それが正式な順序なのに、私ときたら……。

一直線にヴィルハルトのところへ来てしまった。驚いたと言われるのも当たり前だ。

はぁ……とため息が出てしまった。

三日おきくらいに抱きしめられて、耳元で『愛している』と囁かれているのに、これ以上なにを言わせたいのか。彼を信じて、じっとしているべきなのに。

ルフィーナは、今度は頭を振って嫌な考えを振り切ろうとした。

豊かな髪が浮いて揺れる。髪が背中を覆うと、ショールを羽織っているだけでも少しは寒さを和らげられるので、三つ編みはすでに解していた。

ストーブの薪は割当て制だから、一人のときは無駄に火を大きくしないよう心掛けている。

これはリナが教えてくれた。彼女との同室生活は、ルフィーナの知らないことがいかに多いかを悟らせる。

――さぁ、集中するのよ。

自らを叱咤《しった》して、彼女は再び資料に目を落とす。


集中して読んでいるうちに、ストーブの火が消えてぐっと寒くなってきた。

自分が震えたことで我に返ったルフィーナが椅子から立って窓の外を見ると、夜も更けて真っ暗になっていた。明かりを賄《まかな》うランタンの油も切れそうだ。

湯を使ってもう眠ろうかと考えたとき、ダンス曲が微かに耳に届いた。

音に誘われて、ふらりと動き出す。

――アンジェラ様。……どういう方なの？　お姿を見たい。

部屋を出たルフィーナは、棟を渡り、廊下を歩いて一直線に大広間へ向かった。

集中して資料を読み込んでいたせいか、または悩みから逃れられないためなのか、頭の中がぼんやりしている。

やがて華やかな音楽や、大勢の人の声が耳に入ってきた。大扉も解放されていたため、いつの間にか大広間の中にいる。

事務官の服は、白いレースや金ボタンが目を惹いても、肌を見せない長袖に立ち襟、そして黒が基軸色《きじくしょく》なのでとても地味だ。華やかに装うドレス姿の貴族女性たちに紛《まぎ》れて、彼女は非常に浮いていた。

ただ、奔放に流しているルフィーナの褐色の髪だけは、宝石を使った髪飾りがなくても、かなり主張が強く華麗だった。彼女の相貌の白さもあれば、グレイド帝国ではあまり見ない肌の白さが、顔や手先に出ていた。

禁欲的な服さえ剥ぎ取ればどれほど麗《うるわ》しい姿を現すのかと、人々の想像を掻き立てるには十分だったのだ。特に男性たちの目を惹いた。

ルフィーナはそこでようやく、眼鏡を部屋に忘れてきたことを思いだす。資料を読むときに邪魔になるので机の上に置いたままだった。

——場違いすぎるわ。でも一目見るだけなら。

引き返そうとして迷う。見たいのはアンジェラなのかヴィルハルトなのか微妙なところだ。

歓声が上がっているので、壁際の輪に混ざって大広間の中心へ目を凝らすと、予想通り皇子ヴィルハルトと王女アンジェラの組み合わせでダンスをしていた。

王女だとすぐに分かるほど、発散しているオーラが他の女性たちと違っている。

曲はとても速く、それに合わせるダンスも女性がくるくると回される難しいものだ。

教養として習っていたので、エルト公国の舞踏会でこのダンスを踊ったことがあった。しかしルフィーナは、最後まで踊りきれないどころか、最初の数ステップでリタイアした。

――綺麗な方。体力があるのね。ヴィルハルト様についてゆけるんだもの。

主役二人に譲ったのか、中央には彼らの他は誰も踊っていない。

アンジェラのドレスは金色だった。ヴィルハルトは白さが中心の上着と艶《つや》のある黒色のズボン姿だ。両者ともに金銀と宝石に飾られていて、それはもう眩《まばゆ》い。

アンジェラは、王女の地位に相応しい笑顔を振りまいて、ガリア王国の使者たる役割を存分に果たしている。ヴィルハルトがいつもの硬い表情をして、少しもアンジェラに合わせようとしていないのが、ルフィーナを少しばかりほっとさせた。

そういう感覚を抱くのは醜《みにく》いと自身を振り返れば、次第に俯いてしまうのも無理はない。

――十分じゃないの。戻りましょう。

踵を返したところで曲が終わった。すると、なぜか二人は腕を組んでルフィーナのいる方へ歩いてくる。

身体の向きを変えていたルフィーナには、二人の会話がとぎれとぎれに耳に入るだけだったが、足が凍りついたようになって動けない。

壁際の人だかりが二人への賛辞を贈っている。

「アンジェラ様、素晴らしかったですわ。ダンスもお上手なのね」

「ヴィルハルト様の動きに付いてゆけるなんて。皇子殿下は女性を激しい動きでリードされるので、大抵の方は途中で根を上げてしまわれるんですよ」

そうなのか、とルフィーナは彼のことを語る他者の言葉に耳を傾ける。

そこへ自信に満ちたアンジェラの声が入った。

「難しいステップではありますけれど、私には楽しいダンスでしたわ。ヴィルハルト様は少しもお笑いにならないのね。少しくらい微笑んでくださいませ。遠いところから来ましたのよ」

華やかな笑い声と共に発せられた高い声が彼の名を綴る。たまらなくなったルフィーナは、思わず近くにある太い柱の陰に隠れた。

ヴィルハルトの抑揚《よくよう》のない声が聞える。

「楽しく笑って過ごすという経験が少ないので、笑い方を忘れてしまったようです。失礼をしているなら申し訳ない」

執務室にいるときの調子で彼が話している、ということは、舞踏会も政務のうちなのだ。

「責めているわけではありませんわ。他の方がいらっしゃるところでは、次期皇帝陛下としてのあなた様が全面に押し出されるのは当然ですもの。私も王女であることを己に命じてここにおります。誰もいないところなら、本当の言葉で語りあえますわね」

どう聞いても誘いの言葉だ。会話だけを耳に入れていたルフィーナの心臓がトクントクンと哀しげな鼓動で速まる。

隣国の正式な使者は、粗末には扱えない。歓迎の意を示すためにも、これから二人は腕を組んで誰もいないサロンへでも行くのだ。王女が滞在する貴賓室へ向かうのかもしれない。

会話の声は次第にはっきり聞こえてきた。どうやら、ルフィーナが隠れているところへ近づいてくる。

――こちらには大扉があるわ。逃げないと。

するとヴィルハルトが淡々と答えた。

「舞踏会はなかなか良い運動不足解消になりますから、まだこちらにいようと思います」

「まぁ、では次のダンスもご一緒してくださる？」

「いえ、申し訳ないが、他の方をお誘いするつもりです」

こういった公共の場で女性の誘いを断ると、相手に恥をかかせてしまう。

心配になってそうっと柱から顔を覗かせれば、怒りなのか羞恥なのか、真っ赤に頬を染めたアンジェラがぷいと顔を横に向けたところだった。

隣に立ったヴィルハルトは、組んでいた彼女の手を無理のない動きで外し、数歩動いてルフィーナの前に立った。彼は掌を上にして彼女の方へ出す。

「踊っていただきたい」

驚愕して口を開ける。慌てて閉じると、思わず視線を周囲に流してしまう。

誰もかれもが驚いて、ぽかんと口を開けながらルフィーナとヴィルハルトを見ていた。

――こ、断りたいけど、それではヴィルハルト様に恥をかかせてしまう。どうしよう。

ざわめきの中から批判的な声だけを拾ってしまうのは、自分に自信がないせいだ。

「あの服、事務官ですわね」

「たまに見掛ける娘ですか。髪を結っていないと、ずいぶん華やかになりますな。眼鏡がありませんぞ。……これは、とんだ美女だったということですか。しかし、事務官ですぞ」

皇子付きの女性事務官は皇帝宮内でもかなり顔が知られている。事務官にダンスを申し込んだあげく、逃げられた皇子――などと言わせてはならない。

ルフィーナは、彼の手の上に自分のそれを載せる。公女としての動きになったので、周囲は不思議そうに彼女を見ていた。

そうして中央へ誘われると、楽団が先ほどと同じ曲を奏《かな》で始めた。アンジェラと同じ曲で踊れということだ。

すうっと彼にリードされ始めた時点で、不安が膨れ上がる。

「ヴィルハルト様。私、この曲で最後まで踊れたことがないのです」

「以前は、だな。あなたはいまの自分をもっと振り返ってもいいと思う。かつての儚い公女は、箱の中に閉じ込めたい私の宝だった。いまは隣に立って共に戦う伴侶だ」

最初のステップを踏みながら、じっと見つめられる。

──吸い込まれそうな銀の瞳が好き。

幼いころからずっと育ててきた想いが溢れる。

クルリと回されて、広がらないスカートの裾が跳ねあがった。フリルの多い下スカートは白い。彼の艶《なま》めかしい黒いズボンと対になっているかのような状態だ。

髪が大きく翻った。ヴィルハルトが小声で文句を言う。

「眼鏡をしていないんだな。服が禁欲的なのに髪だけがいかにも派手だ。どうしていつもの三つ編みじゃないんだ。男連中が気色《けしき》ばってたぞ。事務官なら手を出してもいいと考える連中は多いんだ。せっかく隠していたのに」

機嫌が悪い気がする。ベッドの中では、こういうときにどんどん激情に移行していって、食い殺されそうな目つきで眺められたりした。

「眼鏡は部屋に忘れたのです。髪は、寒いので少しでも暖を取るために解しました。これだけでも背中が暖かくなるのですよ」

ダンスの最中なので慌てた口調で理由を話した。

「髪が暖房の後押しをするのか。なるほど、純毛だからな。は、はは……」

ヴィルハルトが笑い出したので、壁際まで引いて中央を眺めていた貴族たちは驚倒した。空気が揺れて大きなざわめきが立ち昇る。

なぜ笑われたのか、このときばかりは分かる。着飾る貴族のご婦人たちは、髪も飾りの一つとして扱って結い上げる。それを、暖を取るための手段にしていたのが可笑しかったのだ。

そしてすぐに硬い表情に戻したヴィルハルトは、ルフィーナを睨んだ。

「誰かを誘うつもりなのかと思ったぞ。――例えば私を。誘われてしまったじゃないか」

「え？　いいえっ、ちっとも、少しも、そんなことは考えませんでした。舞踏会の様子が見たくなっただけです。ヴィルハルト様は王女殿下をもてなすというお仕事に就《つ》かれているのですから、お邪魔はできません」

しっかり邪魔をしているのだが、まずは誰かを誘うつもりという点を思いっきり否定した。

「アンジェラ王女の噂を聞いたな？　どう思った？」

噂はたっぷり聞こえた。華麗で優美、ダークブロンドで毛先が巻き毛。その通りだった。ほかに、男を侍《はべ》らせる技術は一流で、男の取り巻きも多い――だ。

「どう、思うか……。そうですね、人となりは分かりませんが、外見の噂は正しかったです。取り巻きなどがいるとかは、一見しただけでは分かりません」

ヴィルハルトは皮肉気に薄く笑う。

「諍《いさか》いが勃発しそうな国から使者が来るなら、相手の下調べくらいはする」

「……もしかしたら、皇帝宮の噂は、ヴィルハルト様が流されたのですか？」

「そうだとして、なにか訊きたいのではないか？　縁談のことも耳に入ったはずだ。それなのに、あなたは私になにも訊いてこないのだな。待っていたのに」

驚いて見上げたところで、力強くリードされて大きく回される。腰にある彼の手が、ぎりぎりのところで離されるから、自分で踏ん張らなくてはならない。足の筋力が不可欠だ。

かつてはこのあたりでよく転んだ。

グルリと回って彼の手の上に再び自分の手を載せる。次は速いステップだ。

「軽いな、ルフィーナ」

小声での会話は周囲には漏れない。二人の様子を見ることはできるので、ここでヴィルハルトが獰猛《どうもう》な獣《けもの》の雰囲気をまき散らして両目を細めたのを誰もが見た。

再び観衆のざわめきが巻き起こる。その中には女性たちの悲鳴のような声も混ざっていた。

――訊きたいことならたくさんあります。……訊けていないだけで。

低い声音でヴィルハルトが囁く。

「私が他の女と寄り添ったのを見ていたな。少しは妬《や》いたか？」

ぎょっとして彼の顔を凝視したとき、曲が終わった。

ルフィーナは踊りきったので非常に満足だった。しかもヴィルハルトの動きに完全に合っていたと思う。

「……私、自分で考えるより、体力や筋力が付いてきているのかしら」

自分だけの呟きは、しっかり彼に聞かれていた。

「そうだ。あなたは自分をずいぶん見誤っている。自信を持って、気に入らないことがあれば私に怒れ。訊きたいことは、訊いてくれ」

苦しげに囁かれた。

中央にいる二人は、礼儀上、ダンスが終われば場を譲ってくれたことに対する礼の意味で周囲にお辞儀をする。拍手喝采《かっさい》となり、それが終われば中央の彼らの元へ観衆が寄ってくる。ルフィーナが見回しても、貴族の集団の中にアンジェラはいなかった。王女殿下は怒りに震えながら、身体の向きを変えて大広間から出て行こうとしている。

「王女殿下が――。追い掛けなくては」

「皇帝宮にも男を侍らせる女性もいれば、逆に女扱いが上手い男もいる。そいつらの中でも最上級の貴公子に、王女は任せると言っておいた。構う必要はない」

それでいいのかと思いつつ、ヴィルハルトの判断になにかを言える材料はなかった。

ルフィーナはヴィルハルトに肩を抱かれて大広間から出てゆく。彼と共に貴族たちの間を歩く彼女は、顔が上げられずに頬を染めて俯くばかりだ。

いなくなった途端、きっと『たかが事務官風情が隣国の王女殿下を押しのけて』とすさまじい騒ぎになると考えつつも、ヴィルハルトの手を振り切って走り去ることはできなかった。

嬉しい気持ちがなにより大きいが、それればかりでなく。

――この方が望む通りに。

だからなにも言わない。

彼女は面を伏せていたので、前を向くヴィルハルトが、感情をぎりぎりと引き絞り、さらには持て余して怖いような顔をしていたのは知らない。


到着したのは、ヴィルハルトの居室だ。

今夜は誘いがなかったのに、と疑問を含んだまなざしを隣へ向けるが、彼は力の籠った視線を前方へ据えて、部屋に入ったあとも彼女の肩を抱いて寝室へと連れてゆく。

ヴィルハルトは、いつになく激情を外へ出していた。怒っている気がする。

寝室に入ると、扉が閉まるのも待たずにぐっと抱きしめられた。そして抱き上げられ、ルフィーナをベッドに下ろすとすぐに圧し掛かってくる。

彼女の身を気遣う彼は、いつも丁寧に順を踏んでくれる。しかし、今夜は非常に性急だ。

服の前側が力任せに開かれた。金ボタンが幾つか飛んだのを目の端で捕らえる。

ボタンは洗濯などで取れてしまわないよう、特別に練り上げた強い糸でつけられているので、布の方が負けて裂けた部分もある。

しかも、腰あたりまでが開けられる限界のはずなのに、スカート部分もびりびりと破られて、足の付け根まで前が開いてしまった。ブラウスにも手を掛けられて、こちらはあっという間もなく、左右に大きく開けられた。こちらのボタンがどうなったのかは知る由もない。

　恐ろしいような形相を見ていられなくて、ルフィーナは両手を顔の上で交差させて目を閉じた。『やめて』と言いたくてもぐっと我慢をしたが、大きく開いた前側から手を入れられてコルセットをはぎ取られると、思わず彼の名を呼んだ。

「ヴィルハルト様っ」

　抗議というよりは、圧し掛かってくる彼の情動の激しさが怖かったのだ。

　ピタリと手をとめたヴィルハルトは、前屈みになってルフィーナの顔の上にある両手首を持ち力任せに退かせる。そして、顔の横へそれぞれ押さえつけた。

　今までとは雲泥《うんでい》の差のある乱暴な所作だ。

　彼女が驚きや怖れで溢れさせた涙を舌で掬《すく》い取ると、ヴィルハルトは激しく口づけてきた。

　身動きがほとんどできない中での上からのキスは、かなり相手を抑圧する。けれどルフィーナに抵抗する意志はない。どこまでも受け止めるのみに終始する。

　舌が口内で暴れると、何度も交情してきた積み重ねで感性が磨かれたのか、体中に刺激が走ってかなり肉体が煽られた。

「あ、……は……んぅ――」

　溢れる唾液と共に吐息が漏れる。艶めかしく、身悶えする自分を自覚して羞恥に染まった。

　頬が熱くなり、その熱はやがて身体の至るところへと伝わる。

　ヴィルハルトは、さんざんルフィーナの口内を堪能したあとは、唇を滑らせて涙の線を残した頬を舐《な》めた。とても動物的な動きだった。

雫を湛えた眼を薄く開けて、彼女は小さな声で謝罪する。

「舞踏会へ……、紛れ込んでしまいましたこと、申し訳ありません。……王女殿下は、ご気分を害されてしまいました。……浅慮《せんりよ》をお許しください」

「隠れていたあなたを、私が広間の真ん中へ連れ出した。ダンスをするよう追いつめたのも私だ。あなたが謝る必要はないっ」

怒っている。ひしひしとそれを感じた。

ヴィルハルトはルフィーナの耳たぶを甘噛みしながら、打って変わった優しげな声で囁く。

「あのダンスを踊りきったのなら、身体はもう弱いとはいえないな。私が思い切り抱いても大丈夫そうだ」

「──どうぞ、お好きにしてください。ヴィルハルト様が望まれるままに」

恐ろしいと感じながらも、快感に似た戦《おのの》きが走って身が震える。

返事をする声まで震えていたかもしれない。

怖くても本心がつるりと出た。彼に応えたい一心からだ。けれど、どうしてそれがヴィルハルトの怒りに油を注いだのか、ルフィーナには分からない。

彼は、ぎりぎりと奥歯を噛みしめ、怒りに塗れた表情を晒す。

「悲鳴を上げさせ、許しを請うほど追いつめたくなってしまうぞ、それでは──」

なぜなのか疑問が湧いても、すでに情事になだれ込んでいるから口にはできない。余計な問いは場の流れを壊してしまうし、それはきっとヴィルハルトの気を削《そ》ぐと思った。

ルフィーナはきゅっと唇を引き結んで硬く目を瞑る。

彼女の両手を離したヴィルハルトは、自分の腕を大きく動かして、すでに多少なりと前側が破られているスカートをばさりと下から上に捲ってしまった。

彼女の顎くらいまで布が掛かった反面、下半身は丸々出る。

フリルの多い下スカートとドロワーズが手早く脱がされると、なにも身に付けない下肢を彼の目の前に曝《さら》け出す。羞恥で真っ赤になったルフィーナは、膝を少し立て、両足を擦り合わせて、できる限り閉じようとする。

すると、ヴィルハルトは彼女の腰を両手で持ち上げ、身体をくるりと反転させた。膝を曲げた伏せの状態で腰を引き上げられると、尻を高々と上げた格好になる。

後ろ側のスカートもばさりと捲られ背中に乗った。外に出た臀部の肌が緊張した。

膝をぐっと左右に開かされ、間にヴィルハルトが入る。これで、突きだした双丘は彼の方へ向いてしまった。

——見られている……っ。あぁあ、恥ずかしい……っ。

秘部を差し出して眺められるという事態に心が悲鳴を上げる。

枕に押し付けることになった顔を両手で覆って、ヴィルハルトに見えないようにした。

口のところだけは、早くなる呼吸のために空けているが、唇の間に舌を挟んで声をなるべく押さえられないかと苦戦した。見え隠れする赤い舌がどれほど男を誘うか、考えていない。

捧《ささ》げられた尻の狭間に彼の両手がかかり、ぐいと開かれたかと思うと唇が這う。

「あー……っ、あんっ、ヴィルハルト、さまっ」

「なんだ」

後ろの方で声がする。

「いいえ、いいえ、なんでも……っ、あ、あ、……」

後腟も会陰も舐められ、キスをされる。そして肉体は彼の望むまま拓かれてゆく。

彼女の躰はヴィルハルトに相当慣らされていた。反応は顕著に現れ、最初の夜のときにしっかり閉じていた肉割れは、どんどん濡れて綻んでくる。

そこを、伸ばされた舌が這う。彼の両手の指が左右から隘路に潜って広げていた。

あとからあとから溢れ出てくる愛蜜が、リネンの上に毀《こわ》れ落ちるのも時間の問題だ。

恥骨の下方にある陰核には、後ろから脚の間を縫ってきた彼の両手の親指が掛かった。

くちゅりくちゅりと音まで立てながら、膨らんだ豆のような花芽が扱《しご》かれた。その上部には肉に埋もれた根があるらしい。それらも一所になって激しく動く指で掻かれてゆく。

「あー……っ、あん、あ、……怒って、いらっしゃる……の？　どうし……ぁ」

意地悪をされている気がした。とにかく責め立てられて休む間もない。

陰になって隠されているところをすべて暴かれるのは、なにより羞恥が大きい。しかも、快感が直接襲ってくる場所なので、ひたすら喘《あえ》ぐしかなくなってしまう。

声を抑えたくても、とても無理だった。

「あぁぁ、ア――……ッ、……」

びくん……っと背中が跳ねあがった。顎を前に突きだして達する。恐ろしいほどの快楽に塗《まみ》れて醜態を晒した。

ヒクヒクと痙攣《けいれん》しながら臀部が揺れる。そこに当てられている彼の指や唇は、彼女の女陰が先をほして陰唇を震わせていることを、きっと察知した。

度重なる情交は、ルフィーナの肉体に多大なる変化を及ぼし、隠微な豆だけで受け取る快楽よりもさらに大きな愉悦を及ぼすものが膣《ちつ》の中にあるのを学ばせていた。

ここまでくれば突いてほしい。激しく奥まで――と、肉体は正直に彼を欲する。

ヴィルハルトはまだ服を着ていたが、膝立ちをしてズボンの前を寛《くつろ》げたときに、上着だけは脱いでベッド横に放り投げていた。尻肉を両側から強く掴んで、濡れそぼって蜜を垂らす彼女の媚肉に、服を纏ったままで育ちきった男根を突き刺そうとする。

雄の先端で陰部の口が広げられた。しかし、彼はそこで動きを止めてしまう。

「……う……ん、どうして、……あ、ヴィルハルト様、あ……」

「どうして、ほしいんだ……」

「は、あぁ……、あ……」

己の希望で彼をどうにかしたいなどとは望まない。自分の快楽のために、彼に強要するなどもっての他だった。彼女にとってはそうだったのだ。

ルフィーナを責め立てたいヴィルハルトが望むままに動けることを願って、肘で頭部を枕からわずかに浮かして首を横に振るだけにとどめる。

つくつくと入り口をさまよう雄には本当に焦らされた。欲求が最高値に達したところで、ルフィーナは無意識の波に捕らわれて口走る。

「あ、お願い、……いじわるしないでぇ――あぁ、でも、いい、……ヴィルハルト様っ、あなたの望みのままで、いいっ……の」

「……くそっ」

悔しげな呻きと共に長大な竿《さお》がメリメリと奥へ向かって挿入される。

「きゃぁ……っ、あ、――っ」

待っていたものを与えられた蜜道や淫壺が歓喜する。差し込まれた男の象徴に内部の媚肉が絡んで放すまいとするのを、自分でもまざまざと感じた。

彼は上体を倒して、背中からルフィーナを抱いてくる。腕が前に回って、下着の薄絹を破り、はみ出した乳房を掴んだ。ぎゅうと握り、つんと立った小塔を摘《つま》み上げる。

もちろん、腰の動きも止めない。

「あん、あん……ひ、っく、……あぁっ――」

躰が沸騰しそうに感じる。

「事務官の服は、あなたの肌をすっかり覆って、隠して。……白い肌を強調する」

速い息遣いを零しながらでも、ルフィーナの耳は彼の声を捕らえた。いつも、聞き漏らさないよう全身で聞いているせいもある。

「もっと、ほしいと言え。もっとわがままでいいんだ。私は……」

両方の乳首を引っ張られると痛いほどなのに、なぜか快感として肉体に跳ね返ってくる。

しかも、きつい感覚が秘膣内を敏感にするのか、屹立《きつりつ》した男根の形まで分かってしまうほどだった。そして内部にあるどこかの場所を擦り上げられて、悲鳴のような嬌声《きょうせい》を上げる。

「――っ、ああっ、そ、こは」

「そこは、……なんだ。もっと、突けと？　言え……っ」

「そんなこと……あぁ」

ぐいぐいと押され、突かれて、引いてゆくときに傘で擦られた。そのたびに怖いような愉悦が身体の内側を走ってゆく。

ヴィルハルトは知っていてこうしている。今までは抑えていたということか。

「ルフィーナ……、ほしいなら強請《ねだ》れ。わがままを言え。私は……っ、『あなた』を抱きたいんだ。なんでも従う人形ではなくて……っ」

頭の中がすっかり沸騰しているルフィーナには、意味が掴めない。

感じるのは怒り、そして己の内部で膨れ上がってくる愉悦だ。腕にはまだ服が残っているし、彼自身も着たままだった。なんと淫靡であさましい絡まりだ。

けれど縋《すが》り付きたい切ない気持ちが込みあがる。追いつめられていたのは彼女なのかヴィルハルトなのか。

耳のところで囁かれる彼の声にも、切羽詰《せっぱつ》まったやりきれなさが漂っている。

「執務では、……私に対して、議論を持ち掛け、意見をする。それがあなただろうにっ」

ぐんっと最奥を突かれたときには、子宮の口まで達していた。

痺れが走り、底なしの快感で躰のすべてが満たされて、ルフィーナはびくびくと痙攣《けいれん》しながら高みへ昇った。

彼のものが内部で脹らみ、すぐにも奔流が飛び出そうというとき、一気に引き抜かれて情液は背中側の服の上にまき散らされた。

ヴィルハルトは、いまだにルフィーナの内部で果てたことはない。

はぁはぁと息遣いも荒く薄目を開けて脱力してゆく彼女は、脳裏で思う。

──妊娠や、出産をするだけの体力が、まだない、から……ですか？

彼女を大切にする気持ちからだと思う一方で、他国の王女との縁談があるなら、子ができるのは避けたいはずだと思考は流れる。

それは健康的な王女への嫉妬《しっと》のなせる業だったが、彼女は公国のただ一人の公女として、様々に考えることを教えられていた。無意識に多方面へ思考が走る。

ぼんやりしている間に、服が取り除かれて剥き出しになった背中にキスが幾つも落ちた。ヴィルハルトも早い息遣いをしていたが、彼女よりも、よほど早く収めてゆく。

「無理を、させたか？」

静かに聞かれて、『大丈夫です』と応えた。

すると、彼女の背中を掌で撫でながらヴィルハルトは抑えた口調で言う。

「情事のときに我慢なんかするな。嫌ならいやと言え。私を困らせたって構わない。どうしてそこまで唯々《いい》諾々《だくだく》と従う。疑ってしまうじゃないか……」

「う……疑う？」

息の合間に訊き返した。

「エルト公に嫌疑が掛かっているから、私を籠絡するためにあなたが遣わされた」

「ち、違います」

「エルト公は本当に黒幕で、あなたも刺《し》客《かく》の一人として来た」

「違いますっ」

片肘を立てて後ろを振り返ると、彼女を食い殺したいと望む猛獣のような眼と目が合った。

怖さで鼓動が大きく打つ。

「私は帝王学を学ぶと共に、すべてに疑いを持つよう訓練されてきた。どんな状況下でも生き永《なが》らえるためにだ。いいか。新たな縁談が生じて女がやって来たんだぞ。私になにか訊くことはないのか。疑うのも当然だろう？　私の傍で暗殺のチャンスを狙っているから、なにも言わないのだと」

「違いますっ。だって、私はすぐに体力切れして、あなた様の求めに応じられなくなってしまう。せめて、求められることにはなんでも応えようとしているのです。……でもやっぱり、がっかりさせているかもしれない。こんな私に、なにを訊けるのですか」

わずかに驚いた顔をしてルフィーナを凝視したヴィルハルトは、沈黙のあと声もなく微笑する。綺麗な笑みなのはいつも通りだ。

「これほどにして抱けば、少しは体力切れを起こすのが普通だ。あなたの毎朝の運動にどれほどの効果があるのか、そうだ、試してみよう。最後までついてこられたら、あなたも少しは自信を持ってくれるかな」

「ため、す？　自信？」

綺麗な笑みだったものが、淫猥《いんわい》な陰をたっぷり含んだ微笑となってヴィルハルトの顔に浮かぶ。怒りは薄れたと思うが、猛獣の気配は少しもなくならない。

――怖い……？　というより、どきどきする。これはなに。期待？　まさか。

上向きになるよう、また身体を返された。彼女を跨いだヴィルハルトが服を脱いでゆくのを下から眺める。

興奮してきた。落ち着けと自分に言い聞かせても止まらない。口づけが下りてくるときには、自ら唇を薄く開いていた。


ルフィーナは、目を覚ましてからじっと天蓋の天井を眺めていた。

――朝……というより、昼に近いのではないかしら。昨夜は……。

激しくて熱い夜だった。しかも、最終段階では自ら求めていたような。その時点でかなり意識が白熱していて、幸いなことによく覚えていない。

隣に目をやれば、眠った跡はあってもヴィルハルトはいない。これはいつものことだ。

ゆっくり起き上がる。身体がギシギシと音を立てそうなくらいでも、眩暈が起きたりふらついたりしないのは、やはりわずかずつでも体力が増しているからなのか。

まだ不足しているとはいえ、彼女は努力の実りを感じて微笑した。

――服は破かれてしまったのよね。なにを着よう。

ベッド端に座ると、すぐ近くの椅子の上に、畳まれた事務官の服一式が載せてある。椅子の下に丸めてあるのは破かれた方だ。

――リビングで受け取った服を、ヴィルハルト様がここに置いた……のかな。彼なら、汚れた方は丸めて椅子の下に置く。……で、間違っていないはず。

彼の身の回りの世話をして部屋の掃除をする侍女なら、敗れて汚れた服を放置するわけがない。特に、寝室はヴィルハルト付きの侍女頭がやっている。

侍女頭はヴィルハルトの乳母の関係者ということで、小さなころから彼の世話をしているそうだ。信頼があるから任せているのであって、その指示の下で仕事をする侍女たちは、寝室には入れないことになっていた。

侍女頭だけが、たまに夜を一緒に過ごす者としてルフィーナの存在を知っている。

顔を合わせるような事態にならないのは、ヴィルハルトがそれを望まないから、たぶん侍女頭の方で気を付けている。今朝も、ヴィルハルトが動いて侍女頭は寝室に入室していない。

服を着付けてぴしりと立った。眼鏡とゴムはないのでそのままにする。

そこでふと気が付いて、ローズヒップの入った小瓶を、汚れた方のポケットから取り出した。カップ二杯分ほどしか残りがないが、それなら今朝は間に合うということだ。

彼女は赤い欠片が入った小瓶を、着用している服のポケットに入れて歩き出す。

――なくなったら、自分で帝都へ買いに行ってこよう。部屋で飲む分はリナのお土産で間に合うけど、できるならヴィルハルト様に合うものを自分で選びたいもの。

事務官の給金は支払われていて、使うこともないのでそっくり貯《た》めていた。預け先は、皇帝宮の士官部預かりだ。希望に応じて出してくれるシステムなので、それを使えば、ハーブの大瓶が購入できるはず。

問題は、帝都に出たことが一度もないということだった。

――リナに案内を頼みたい。でも、忙しいから無理かな。無理ならお土産にしよう。

舞踏会場の大広間ではシュウの姿をちらりと見掛けた。公国の政務をある程度片付けてから出発する父親とは、あと数日ほどで顔を合わせそうだ。

――シュウさんの分もお父様の分も購入できるかしら。私が帝都へ行って、お給金で買い物をしたと知ったら、お父様はどういうお顔をなさるかしらね。

くすくすと笑ってしまう。昨夜のベッドでの会話で、ルフィーナの悩みはかなりのところ霧が晴れたようになっていた。

筋道をつけて考えるために、あとでゆっくり記憶を洗いなおそうと思う。

彼女はドアを開けてリビングへ入った。

ヴィルハルトは、窓辺の椅子に座っていつも通り外を見ていた。お茶を淹れる用意が整えられたワゴンが近くにある。これもいつもと同じだ。

ルフィーナは窓辺の彼に近寄ると、スカートの端を摘んでお辞儀をした。

「ヴィルハルト様。おはようございます」

「おはよう、ルフィーナ。身体は……大丈夫のようだな」

「はい」

フィーナと呼ばれなかったのは、髪も編んでいないし眼鏡も掛けていなかったからか、それとも昨夜のことについて話すつもりでいるから、なのかもしれない。

そうなると執務室での打ち合わせにはならないということだ。

ルフィーナは、ヴィルハルトに笑い掛けてからワゴンに近寄った。そしていつもと同じ動きでポケットから小瓶を取り出すとハーブティを淹れる。

ローズヒップの独特の香りが漂う。

ソーサーの上に載せたカップをヴィルハルトの前に置いて、彼女の席にも置き、椅子に腰を掛けた。ヴィルハルトはカップを手にしてすぐにこくんっと飲んだ。彼女も飲もうと口を付けたところで、激しい動きで扉が開く。

驚いてそちらを見れば、リナがいた。

近衛兵が止めようとしているのも見えたが、リナはヴィルハルト付きの侍女だ。まさかいきなり槍《やり》で突き刺すこともできなかったので、勢いで扉を開けられてしまった――と見えた。

腰を浮かしてそちらへ行こうとしたルフィーナを余所に、リナは叫んだ。

「毒薬です！　あの人が淹れたお茶には毒薬が入れられています！」

ルフィーナがぎょっとしてヴィルハルトの方へ振り返ったのと、カシャンと音がして彼が持っていたカップを取り落としたのは同時だった。

ぐらりと傾きながらも立ち上がったヴィルハルトは胸の内ポケットから小さな瓶を出す。

それは、ルフィーナが持っていた化粧瓶ではなく何の変哲もない細く小さな瓶で、彼は片手でポンと蓋を飛ばすと一気に中身を飲んだ。

――解毒薬？　でも解毒薬は、飲んだ毒に対応していなければ効かない……っ！

走り寄って傾いてゆく彼の身体を支えようとしたのに、彼女の腕をすり抜けてヴィルハルトは床に倒れた。

「ヴィルハルト様っ、ヴィルハルト様っ！」

必死になって呼ぶと、苦しげな表情をしたヴィルハルトがなにか言おうとする。ルフィーナは身体を伏せて彼の口に耳を近づける。

「あの小瓶の、中にハーブが、入っているのを知っていたの、は？」

ヴィルハルトは、彼女が毒を盛ったとは考えていない。涙が出た。

「叔母さまと、リナです」

「そうか……。手紙のときも、その……、一人だったな……」

そこまで囁くと、ヴィルハルトは苦悶《くもん》の表情になり、床に伏せて、ごほごほと激しくせき込んだ。飲んだ物を吐きだしてゆくが、すぐに日を閉じ、意識を混濁させていった。

「ヴィルハルト様っ、目を開けて、ヴィルハルト様ぁ」

縋っている彼女の腕を後ろから掴んだ者が大声を出す。

「この人が毒を盛ったんです。部屋の引き出しに小瓶が隠してあるのを見ました！」

振り仰げば、ルフィーナの手首を持って引き上げているのはリナだった。普段の落ち着いた

表情とは打って変わって、悪鬼のような形相になって叫んでいる。

リナの後ろにいるのは、近衛兵ばかりでなく、この部屋へなだれ込んできた者たちだ。『用があって来てみれば……』と話す財務長官のダグネルと、『近くを通りましたら叫び声が聞こえたので……』と言っているカロリーヌだ。二人は寄り添って立った。

「叔母様、小瓶の中身はハーブでしたよね。なぜこんなことにな……」

「ま、叔母だなんて。あなたは私の侍女でしたけど、姪ではありませんよ。エルト公国の者でしたね。まさかエルト公が……っ」

ルフィーナの顔からざぁっと血の気が引く。

この場で彼女がエルト公女だと証言できるのは、ビアーチ夫人しかいないのだ。しかも、エルト公が黒幕だと言わんばかりではないか。

愕然としている間にも、近衛兵たちが倒れて意識のないヴィルハルトをベッドへ連れて行こうとした。

「待って、ヴィルハルト様は大丈夫なの？　待って！」

白い上着をはためかせ、医師と思われる連中が走ってきた。ヴィルハルトを追って寝室へ駆けこむ。

ルフィーナが伸ばした手は近衛兵に捕まれた。

「皇子殿下暗殺の容疑で逮捕します」

どこか遠いところで演じられているお芝居を見ているかのようだった。

ヴィルハルトが運ばれて行ったドアから目が放せないのに、彼女は数人の衛兵に囲まれて、引きずられるようにして連れて行かれた。

ヴィルハルトは長い夢を見ていた。

遠い場所で叫んでいる自分は、榊隼人《さかきはやと》という名前を持つ二十七歳の男だ。

すさまじい競争社会の中で、大学時代に知り合った一つ年下の小坂祥子《こさかしょうこ》を妻に迎えたいと願い、そのための生活基盤を整えようと必死で働いていた。

なんとかなりそうだからと結婚を申し込み、婚約状態になる。指輪を差し出して求婚すれば、うんと頷いてくれた彼女は、とてつもなく可愛くて眩暈がした。

ところが数か月後、隼人は病気を発症する。

見つかったときには手遅れだった。ステージ四のガンだ。もってあと三か月、もしかしたら半年くらいの延命はできるかもしれないが——と医師に告げられる。

彼女を幸福にできない。病気のことを伝えると、彼女はきっと誠心誠意尽くしてくれるだろう。けれどそのあとは？　一人残してしまう。

別れるしかなかった。

婚約破棄を伝えると彼女は泣きながら走り去った。本当の理由を言えないから、最後にひどい言葉を投げつけるつもりだったが、それをしなくてもよくなったのでほっとした。

ところが、翌日の昼間に病院から連絡がきた。彼女が熱中症で倒れたという。彼女が勤める会社に知らせがきて、そちらから故郷の親元へ連絡するということだった。

彼の名が出たのは、彼女が同僚たちに婚約のことを話していたからだ。

たまたま病院の近くにいた隼人が急いで駆け付けると、息が止まる直前だった。

叫んだ。

「愛している！　不治《ふじ》の病で残りの日々がわずかになってしまったから別れを告げたんだ。幸せに生きてほしかったのに！　こんなことなら、最後の日まで一緒にいればよかった。理由も説明していない。悲しませたままで逝かせてしまうなんて！」

真夏に陽のあたるところをふらついたのは、恐らく婚約破棄のショックからだ。

つまりは、彼が原因。

どれほど叫ぼうとも、消えてゆく命は戻らない。どれほど嘆いても、いまさら遅い。

「祥子、必ずまた逢う。必ず君を私の手で幸せにする。必ず守る。必ずだ！」

彼女がブラックに近いような企業で頑張っていたのは、責任感もあれば、秘書として付いている老齢な会長が好ましいからだと聞いていた。

けれど一番の理由は、隼人の近くにいたいがためだ。

仕事に一途なのもいいが、体調を考えて早く辞めろと忠告したが、彼女はもう少し頑張ると言っていた。わずかに俯いて、頬を染めながら『こちらには、あなたもいるし』と言った。

病気が判明して、婚約を破棄すれば会社を辞めて故郷へ戻ると考えた。

若いからいくらでもやり直しができる——と。

しかし、すべてが間違いだったのだ。

彼は慟哭《どうこく》して願う。

——もう一度逢う。必ず逢う。そのときこそは、君を守ってみせよう。


ぱっと目を開けたヴィルハルトは、一瞬どこにいるのか分からなかった。

ベッドで横になっている彼を覗き込む連中は、恐らく皇帝宮に詰めている医師団だ。

白い上着をはためかせて廊下を走り、皇帝のベッドに張り付く姿とそっくりだった。

「皇子殿下。ご気分はいかがですか？　すぐに解毒薬を飲まれたのは、実にいい判断でした。ほとんど吐いてしまわれたのもよかった」

「それでも、お体を毒にならされていなかったら、解毒薬では間に合わないところでした」

口々に言って笑みを見せる。

吐いたときに喉を傷めたのか、出にくい声を振り絞って誰にともなく問う。

「意識をなくしていたのはどれくらいだ」

「半日ほどでしょうか。陽が落ちてからまだそれほど過ぎていません」

「昼近くから夜まで――か」

彼が上半身を起き上がらせると、侍女頭が小走りで近寄り白湯を満たしたコップを手渡した。

母親に近い年齢の侍女頭が、心配顔で忠告してくれる。

「たっぷり飲まれてください。いくばくかは取り込んでしまわれたでしょうし、しばらくは横になってお過ごしになられませんと」

「もっとくれ」

一気に飲んで空になったコップを差し出せば、侍女頭は手に持ったポットから白湯を注ぐ。

それもまた顔を仰向かせて飲んだ。血液の中に入った不純物を薄めるためにも、大量に水分を摂《と》る必要がある……というのが、知識として頭の中にあった。

〈血液〉も〈不純物〉もこの世界の言葉ではない。通常は、血の濁《にご》りと言う。

――別の知識を認識できるのは、前世の記憶を戻したからか。知識は前世で持っていたものがかなり蘇っている。眠っていた魂の欠片が日覚めた気分だ。

自分の内側にあったから、目覚めた感触になる。

――人生での細かな記憶は祥子とのことがほとんどだな。特に病院で……。

それほど大きな慟哭だった。脳裏であのときのことを思い出すと、身体が切り裂かれる痛みに苛《さいな》まれるほどだ。

隼人だった彼は、祥子を見送ったあと、延命治療も施さずかつての世界から瞬く間に去った。

それ以外の細かな人生はおぼろげでしかない。

「ヴィルハルト様？」

侍女頭が気遣う表情で彼を見ている。コップを出すと白湯を注いでくれたのでまた飲む。

――私は、ヴィルハルト・フォン・グレイド。グレイド帝国の要《かなめ》となる次期皇帝で、ただ一人の皇子。

己が何者であるかの自覚はしっかり持っている。そして現状認識もぶれることはない。

グレイド帝国の凋落《ちょうらく》を願う国は多い。権謀術数《けんぼうじゅつすう》を弄《ろう》して弱らせたところで攻め入るのが、この世界における多国間戦争の常套手段《じょうとうしゅだん》だ。

帝国の弱点は、頂点に立つ皇帝の跡継ぎが一人しかいないことだったから、彼に対する暗殺未遂事件も度々起きていた。

毒薬を仕込む連中も多いので、少年のころから大抵の毒に身体を慣らしている。

持ち歩いている解毒剤が、どうしても馴染《なじ》めなかった毒に対抗する最後の砦《とりで》だった。

常に用心をして、乳母関係の侍女頭が常日頃の飲み物を用意し、彼が自分でお茶を淹れたり、幼馴染のシュウに白湯を注がせたりしていた。

食事もまた、彼の分は、幼いころからの料理長が一手に手掛けている。運んでくるのも、給仕ではなく侍従長だ。

他の者の手が途中で入ると、口にできなかった。

ずっとそうだったのが、ルフィーナが来てからは、彼女にお茶を淹れてもらえる。ルフィーナの手で淹れた飲み物なら、美味しさを味わいながら飲めるのだ。

前世を思い出したからといって、今けいまであり、婚約したルフィーナ・トゥ・エルトを心の底から愛している気持ちは微塵も揺らがない。

前世でどれほどの慟哭を味わっていても、今生が現実だ。

ハーブティは、彼女が淹れてくれるものだから美味しいと感じる。

情交の夜を過ごしたあと、翌日の朝に飲む彼女のハーブティは格別だ。いつも同じ状態で飲んでいるから、今回も口にした。小瓶の形も色合いも香りも、いつも通りだった。

そこを突かれた。ハーブの小瓶を、彼女はいつもポケットに入れている。おそらくどこかで毒入りと差し替えられたのだ。

――ならば、いつだ。同室のリナがやったのか？　……いや。リナならもっと早い時期に仕掛けられる。

彼は医師団の後ろに控えているシュウに目をやった。

「シュウ。どうなっている。彼女は？」

忠義を絵に描いたような大柄で頑丈な男は、声を掛けられるまでじっと待っていた。

近衛兵や医師たちをぐいっと押し退けて彼のベッド横へ来ると、一気に話し始める。

「皇子毒殺未遂事件の犯人として捕らえられました。嫌疑中ということで、『黒の塔』の最上階に幽閉されています。ビアーチ夫人は、『フィーナはエルト公に推挙された侍女で、自分とはなんの関係もない』と証言しました」

エルト公国の公女だと証明できるのは、いまの皇帝宮内では叔母のビアーチ夫人だけだ。死人に口なしというわけで、夫人の中ではヴィルハルトは助からない予定だったから、夫人と『フィーナ』の関係をないものとした。

エルト公が来る前に、ルフィーナが事務官フィーナとして処刑されるところまで持っていければ上々の運びだったに違いない。

ヴィルハルトは、周囲の者たちが見たことのない恐ろしい形相で考える。

――虚偽を証言した時点で、ビアーチ夫人は有罪だな。暗殺未遂事件まで夫人が一人で画策するのは無理だ。糸を引いていたのは財務長官か。ビアーチ夫人が推挙したリナはどうだ。

「シュウ。リナはどこだ。毒の入ったハーブの小瓶は？」

「ワゴンの上の小瓶はなくなっていました。引き出しにあったとリナは言ったそうですが、部屋には、ただの茶葉が入った小瓶が数個あっただけです。リナ本人も消えました。侍女仲間が言うには、リナは最近『はるか遠い故郷へ帰る』と言っていたとか」

ヴィルハルトは、ルフィーナが『噂話は千里を走る』という話をしたことを思い出す。

彼は、『千里は転じて、はるか遠くという抒情的な意味にもなる』と答えた。そのことわざは、ガリア王国のものだということも。

「そういうことか」

はるかに遠くへ帰るというリナは、ガリア王国の者だ。

ヴィルハルトは、意識をなくしてゆくとき、かすんでゆく眼でルフィーナの後ろも視界の中に入れていた。ワゴンも、その上から小瓶を掴み取ったリナも、見ていた。

彼は低く唸るようにして現状を連ねる。

「証人も証拠も消えたから、皇子暗殺でも即座に裁判が開かれなかったんだな。それで黒の塔か。しかしなぜハーブの小瓶に毒薬が入ったんだ。ルフィーナは用心してずっとポケットに入れていた。リナの仕業《しわざ》とは思えない。証人なのに消えているのだから」

「昨日、フィーナは厨房近くの廊下で、調理場見習いの少年とぶつかっています。数人の下女中が見ていました。おそらくそのときに、ポケットの中身を、同じ形の別な小瓶に替えられたんでしょう。少年はスリの訓練を受けていましたね、きっと。こちらも、もういません」

「いったいどれだけ入り込まれているんだ」

怒気を含んだ物言いになった。皇帝宮内に手引き者がいるのは間違いないし、誰なのかも予想できる。財務長官だ。

ヴィルハルトは、すぐ近くに立っている近衛兵に命じる。

「衛兵。ビアーチ夫人とダグネル財務長官を部屋に閉じ込めておけ。出すなよ」

「は。理由は」

「そうだな。理由は、財務長官の横領と、ビアーチ夫人の横領幇助《ほうじょ》、それと皇子暗殺容疑だ」

その場にいた者たちは、突然出てきた事案が意外だったのか顔を見合わせた。

「証拠は……」

「一両日中に出すと伝えろ」

「はっ」

彼の発言には誰も逆らわない。止める者がいない中で、衛兵たちは動き始める。

恐ろしいほどの権力が手の中にあった。その見返りに、ヴィルハルト一人で背負うには重すぎる巨大な帝国が背に乗っている。

――ルフィーナ……。傍にいてほしい。

心底、それを思う。

通常の流れでは、ビアーチ夫人がルフィーナをエルト公女だと証言しなかったから、事務官フィーナは一般庶民になり公女としての扱いを受けられず、すぐに裁判が開かれて罪状を決められ、刑の執行まで地下牢《ちかろう》に入れられる。

真冬に凍える寒さの地下牢に入れられては、ルフィーナの身体は一晩と持たない。

皇子暗殺という重大事件で、証人もいなければ証拠もないなら、仲間のあぶり出しのためにも調査が必須となり、まずは黒の塔に幽閉となった。この時間を利用する。

ヴィルハルトが彼女は公女だと証言しても皇子暗殺の件が残る。正当な方法で出さない限り犯人と決め付けられ、彼女は公女だと証言した時点でエルト公国が渦中に入る。それを避けたいなら、ルフィーナには、まだ事務官でいてもらうしかない。

——ビアーチ夫人に事の次第を白状させる。小瓶の中身に毒が混ざっていたことを、ルフィーナは知らなかったと証言させれば。……が、その前に、彼女の安全を確かめたい。

顔を見なければ少しも安心できない。

彼がベッドから下りようとすると、侍女頭を始め、皆が止めた。

「起き上がらないでください。まだ横になっていなくては」

さすがにシュウも止めにかかる。

「俺が行ってきますよ。『黒の塔』でしょ。差し入れも必要でしょうから、用意して……」

「私が行くに決まっている。服をよこせ」

ヴィルハルトが言えば反射動作に近い動きで侍女頭が彼の衣服を持ってくる。

クリーム色のドレスシャツを引っ掛け、金銀の入った紫紺の上着を羽織る。ズボンは黒で、寒いからと揃えられた厚手の靴下に革の短ブーツを履くと、侍女頭が慌てた。

「外へ出られるのですね。すぐにコートを持ってきますのでお待ちください」

「待っていられない。少しくらいの寒さなど、どうということもないさ」

勘のいいシュウが、奇妙な顔をして彼を眺める。前世の記憶を蘇らせたことで、ヴィルハルトの言葉つきや表情の動きがいつもと微妙に違っているのに気が付いたのだろう。

彼がベッドから立ったときにぐらりと傾いた。それだけで大騒ぎになる。

「静まれ！　これくらいのことで騒ぐな」

一喝《いっかつ》すれば誰もかれもが硬直した。ヴィルハルトはため息を零しそうになる。

慣れているとはいえ、自分だけがひどく異質であることをひしひしと感じた。皇帝という名の頂点に立つただ一人なのだ。心の中で名を呼ばずにはいられない。今生での伴侶の名だ。

――ルフィーナ……っ。必ず守る。必ず。

ヴィルハルトは早足で歩き始める。シュウがすぐ後ろについた。その後ろに、常にヴィルハルトの傍にいる近衛兵が二人つく。

シュウと一緒になって必要品を集めながら、ヴィルハルトは黒の塔へ向かった。


――寒い。

薄いマットだけの簡素な寝台の上で、膝を曲げ、両肩を両手で抱いて身を縮こまらせても暖は取れない。なにより、手の届かない位置にある窓にはガラスがなく、壁をくりぬいただけの穴に近いので冷たい空気が入り放題だ。

窓の外はすでに真っ暗だった。

寝台以外何もない狭い四角の部屋は、三方が壁で一方が鉄格子《てつごうし》というまさに牢獄《ろうごく》だ。北の端に建っている黒い塔が、裁判を待つ重罪予定者の幽閉場所だとは知らなかった。知る必要もないから誰も教えなかっただけで、まさか自分が入ることになるとは、予想できるはずもない。

――ヴィルハルト様。ご無事ですか？

解毒薬は間に合ったのだろうか。あれだけ吐いてしまうと、毒を排出するにはよくても解毒薬まで出てしまう。吸収された分量次第で命が失われる場合もあるというのに。

ひゅうと風が吹いて、白いものが室内に紛れ込んできた。

「雪？　そうね、この寒さなら、帝都でも雪が降るわね」

朝にはこの中にも雪が積もりそうだ。自分は、ここで凍えてしまうかもしれない。

――あの小瓶はきっと、廊下でぶつかったときにすり替えられたのね。用心していたのに少年だったから油断した。なんて迂闊《うかつ》な。ここで息絶えるなら当然の報いだけど、あの方の無事だけは確かめさせてほしい。

立てた膝の上に顔を伏せる。豊かな髪は、いまは首筋や背中を少しは寒さから守っているが、いずれ雪で濡れて彼女の身体を冷やすものへと変わる。

微かに塔の階段を昇ってくる音がした。ルヴィーナは顔を上げて、鉄格子の向こうの廊下のような空間を見る。細長い空間の左手側の奥まったところに扉がある。

その扉近くの壁に松明《たいまつ》が立てられているので、牢獄は真っ暗にならない。

裁判をすると聞いたが、万が一ヴィルハルトが息を引き取れば、階段を昇ってくるのは死刑執行人かもしれなかった。

――それでもいい。あの方がいなくなったら、私も生きていけないもの。

父親にだけは申し訳ないと思う。

カチャリとドアノブが回され、ドアが内側に開く。姿を現したのは旅姿のリナだった。

驚いたルフィーナは立ち上がり、よろけながら鉄格子に取り縋って近づく彼女に訊く。

「リナっ。ヴィルハルト様は？　どうなったの？　教えて、お願い」

必死に訊く。リナは、ルフィーナが毒を盛った犯人だと叫んだ者だが、責める気にはなれない。なぜなら、毒だと知らなかっただけで、ルフィーナがヴィルハルトに飲ませてしまったのは本当だからだ。

リナは片膝を突いて、格子に掛けたルフィーナの指先に自分のそれを載せる。

「皇子殿下は無事です。つい先ほど目覚められました」

ルフィーナの瞳から大粒の涙が零れて頬を伝う。リナはポケットからハンカチを取り出して格子の間から差し出した。ポケットは衛兵に空にされたので、受け取って目元を拭く。

あとからあとから溢れて、小さな布だけでは受けきれないほどだ。やがて声まで出して泣いてしまった。

「良かった……、良かった……」

そしてゆっくり顔を上げる。

「ありがとう、リナ。教えてくれて」

「ルフィーナ様、すぐに皇子殿下が来られて、助けてくださいますから」

「名前……。やっぱり、私が公女だと知っていたのね。あなたはガリア王国の者でしょう？

『噂話は千里を走る』って、わざと間違えたのよね。間違えることで、私に疑問を持たせたんだわ。それなのに私は、疑いたくなくて……放置したのよ」

リナは微笑した。優しい笑みだった。

「『噂話』は〈情報〉という意味よ。私は、皇帝宮で得た情報をガリア王国へ渡す者、間諜《かんちょう》なの。エルト公国を巻き込むために、あなたが毒を盛ったと大声を上げたのよ。毒の瓶を引き出しに隠していたとも言ったわ。やれるだけやったってことで、ようやく国へ戻れるわね」

明るく笑うリナを、ルフィーナはじっと見つめる。

ヴィルハルトの侍女にとカロリーヌが推挙したのは五年前だと聞いた。侍女の勉強をするのに十六歳は妥当な年齢でも、千里も離れた場所で間諜をするには若すぎる。

「時間もないから、簡単に教えておくわね」

今回の陰謀がどうやって生まれたかを、リナは話した。

カロリーヌはダグネルと恋仲だということ。そして、ダグネルは第一から第三までの秘書官

を買収して、暗殺事件を牽引《けんいん》したこと。エルト公を黒幕に仕立て上げるために、第二秘書官に証言させたこと。横領で溜めた莫大《ばくだい》な隠し財産が、帝都のどこかにあるということ。

さらには、皇子を暗殺するのと引き換えに、ガリア王国での要職を望んでいるらしい。

「背後にいたのは、ガリア王国なのね」

「真の黒幕は東の隣国、ということね。アンジェラ王女が訪問中だけど、あれは偽物。一緒に来た護衛や近習が多すぎるでしょ？　皇子殿下はその点でも調査をしていらしたわ」

そういえば、大人数の豪勢な行列を為《な》して帝国へ入国したと噂されていた。

「ガリアの者たちは、皇帝宮で滞在しているのよね」

「ええ。皇子暗殺が成功していたら蜂起《ほうき》して、ダグネルと一緒に皇帝陛下を押さえることになっていたの。補修が済んでいない東の要塞を落とす計画もあるわ」

「ヴィルハルト様が暗殺されたら、そこまで動いてしまうのね……」

彼の背中の重荷が見える気がして、ルフィーナは暗澹《あんたん》たる思いを味わう。

「そういうこと。軍部を掌握している殿下がいなくなれば、戦況もガリア王国の方が有利になるしね。でも、暗殺が失敗したからすべての動きは止まって小さく収まるわ、きっと。エルト公国を巻き込む案もこれで失敗。皇子殿下があなたを守るもの」

口元に笑みを湛えて、リナは下げていたカバンから、ハーブの小瓶を取り出した。

「リナ……。ヴィルハルト様のリビングから持ってきたの？」

「騒ぎの最中に持ち出したの。私は、この毒を事務官のフィーナが引き出しに隠していたって証言できる証人だけど、いまから皇帝宮を出るから証人も証拠もなくなるわね。ルフィーナ様は、殿下を待っていればいいわ。寒いけど、少しの我慢よ」

　夜になってから皇帝宮を出て、千里を超えて故郷に戻るのか。

　言葉もないルフィーナは、再び涙が滲んできたので手元のハンカチでこしこしと拭いた。

　リナは少しだけ声を落とす。

「あのね。皇子殿下の毒殺も役目の中に入っていたの。だけどあの方は、決まった者の淹れた飲み物しか口にされないので、五年いても難しかった。それがいきなり来た公女の手で淹れたものなら、なんでも口にされるんだもの、驚いたわ」

　それを暗殺の仕掛け人に利用された。言葉もない。

「不思議なことだけど、ルフィーナ様が皇帝宮に来たことで、歯車がかちりと動き出したのよ。それがすべてを大きく回す最初の動きだったんだわ」

　ルフィーナが皇帝宮へ来たのは、婚約破棄の通告が届いたからだ。最初の動きは、ヴィルハルトが作っている。そして彼は、暗殺の手を跳ね除《の》けることで、すでに生じていた大きな危機を散らせられる唯一の存在だった。

　ヴィルハルトは間違いなく頭上に王冠を載せる者だ。

「さぁ、もう行かないとね。皇子殿下が走ってきてしまう。ね、同室生活、楽しかったわ。ルフィーナ様は？」

「もちろん。誰かと同じ部屋で生活するの、初めてだったもの。楽しかったわ」

ルフィーナは手を前に突きだし、握りしめたハンカチを見せる。

「これは借りておくね、リナ。私がちゃんと洗濯をしてアイロンも掛けておくから、いつか取りに来て」

そのハンカチとルフィーナの顔を交互に凝視したリナは、笑って頷く。

「公女様に手を掛けてもらうハンカチだもんね。いつか、きっと――」

そうして彼女は、泣き笑いの顔で手を振り、去って行った。ルフィーナは、いつも忙しく動いていたリナの背中がドアの外へ出てゆくのをじっと見ていた。

ルフィーナは思う。

リナならいつでもハーブの小瓶に毒を混ぜられただろう。同室だった。ルフィーナが眠っている間にポケットの中身を入れ替えるのは簡単だったはず。

けれど彼女はそうしなかった。たぶん、『フィーナは眠る間も小瓶を握っている』などと言って仲間の追及を躱《かわ》していた。だからこそ、手練《てだ》れの少年を使われている。

もしもリナがリビングへ来るのを遅らせていたら、カップに注いだ毒薬によって、ルフィーナもヴィルハルトも息絶えていた。

ヴィルハルトなら、ルフィーナに解毒薬を飲ませようとしただろうし、解毒薬ではたぶんルフィーナは助からない。

リナは、あの部屋へ行かないという選択をするだけで、使命を達成できていた。

事件が起きてから、『小瓶は事務官フィーナが持っていた』と証言すれば、ルフィーナを皇子毒殺の犯人にすることは可能だ。その点でも、部屋まで来る必要はなかったのだ。

それでもリナはやって来た。

そして小瓶を持ち出し、証人となる役を捨てて去ってゆく。

ルフィーナは、はるか遠い故郷へ帰る友人を、泣きながら見送ったのだった。


リナが去ってから幾ばくもしないうちに、再び階段を昇ってくる音が聞こえた。

ドアが開いてそこに立った者を見れば、歩調が一定しなかったのはふらついていたからだと分かる。ヴィルハルトは大きな荷物を持っていた。

「ヴィルハルト様……っ。お一人でそんな荷物を。お身体は大丈夫なのですか？」

鉄格子に縋り付いているようなルフィーナの前で、膝を崩して座ったヴィルハルトは、穴が空くかと思えるほど真摯な視線で彼女を見つめる。

「大丈夫だ。あなたも無事で、よかった——」

苦し気で、同時に安堵の呼気と共に吐き出されたこの声は、いままで一度も聞いたことのないものだった。ずいぶん心配をさせてしまったようだ。

彼は、解毒薬はしっかり効いたことや毒に身体を慣らしてあったことなどを説明した。

格子越しとはいえ、ルフィーナはヴィルハルトに向かって深く頭を下げた。

「あなたに毒を飲ませてしまいました。申し訳ありません。どのような罰も受けます」

「罰？　そうだな、生涯私の傍にいて、共に戦うという罰をくれてやる。二度と謝罪はするな。すでに罰は始まっていると思え」

違和感を覚えてルフィーナは顔を上げる。不敵な笑みを湛えたヴィルハルトが彼女を見つめていた。

——なんだか、感じが変わった？　別人というわけではないけど、どこか違う。

リナから得た情報は手遅れになる前に渡さなくてはならないので、感覚的なことはひとまず横に置いておく。

「ヴィルハルト様、リナがここへ来ました。皇帝宮を出てガリア王国へ戻るそうです。いろいろ聞きましたので、お話しします」

ルフィーナはリナから聞いたことをすべて伝えた。ヴィルハルトは黙って聞き終えると、苦笑いを零す。

「あのダグラスとビアーチ夫人が恋仲だったとはな。財務長官を調べても、派閥の中の一人というだけで、関係まで出てこなかった。この皇帝宮で、よくぞ隠しおおせたものだ」

それについてはルフィーナも感心する。

「ルフィーナ。すぐにここから出したいが、それではなにも解決しない。現状では、私が毒で倒れ、お茶を淹れたのがあなただという事実が横たわっている」

「はい」

「七日後にはエルト公が皇帝宮に来られる。その先触れをシュウが持ってきた。父上があなたの身分を保証するし、偽証したビアーチ夫人はそこで追い込まれる。全貌を白状すれば刑を軽くすることにして、あなたが毒入りだと知らなかったことを証言させる」

「父が来るのですね……」

彼女のこの有様では、父親にどれほど怒られても甘んじて受けるべきだろう。

「すまないが、一晩はこちらで過してくれ。その間にビアーチ夫人を追いつめる」

それだけ言うと、ヴィルハルトは持ってきた荷物を格子の間から差し込み始めた。

「これは寝袋だ。旅人が使うもので、真冬でも外で一夜を過ごせる。男子用だ。大きさとしては余裕だな。あの些末《さまつ》なベッドの上に広げることになるが、我慢してくれ」

ぐいぐいと押し込んでくる硬い布状の寝袋を内側から引っ張ってなんとか入れる。

次に差し出されたのは水筒と、食べ物が入った包みだ。

「水分を切らすなよ。食べる方は燻製《くんせい》肉とクッキーかな。シュウの選別だ。果物も入れておけばよかったな。すまん、気が付かなくて。それとこれは、子供用湯たんぽだ」

「湯たんぽ！　子供用なのは格子の間から入れることを考えられたからですね。ヴィルハルト様……、なんでしょうか、いつもと違う気がしますが、毒のせいですか？」

もしもそうなら、床に穴を開けて潜りたいくらい気落ちするが、彼は面白そうに彼女を見つめて笑い、首を横に振った。

「気を失くしている間に夢を見たからだな。それは後で話す。このボタンを渡しておくから、なにか異変があったら窓から投げてくれ。手が届かなくても、これだけあれば一つくらいは外へ出せるな？　大声を上げられる状況なら、叫べ」

格子から出した彼女の両手の上に十個ほどの金ボタンが載せられた。

「大丈夫だと思います。窓としては大きいので」

「次はこれだ。羽織れ。袖に手を入れて着込んでもいいぞ」

ヴィルハルトは、自分が羽織っていた上着を脱いで、ルフィーナに渡すために、再び格子の間に押し込み始めた。最上級の金糸銀糸の入った上着がくしゃりと入れ込まれてくる。

ルフィーナは慌てた。

「平気です。ヴィルハルト様が寒くなってしまうではありませんか。着てください」

「私はすぐに暖炉のある部屋へ戻るんだ。これは置いてゆく。さぁ、そちらから引っ張れ」

引っ張って完全に中に入ると、今度は鉄製の大きな錠前を差し込んできた。

「……これは？」

「危なくなったときの用心に、出入りする部分に内側から錠《じょう》をおろしてくれ。これがカギだ。

首に掛けられるよう、紐も付けてある」

ぐっと差し出された紐付きの鍵を受け取って、首に掛けた。

「私、危ないのですか」

「あなたを始末して、やはり犯人だったということにできれば、最終的にエルト公への嫌疑を確定するところまで持ってゆける。エルト公はあなたに危害が加えられた時点で、悪鬼になって帝国と戦う。そこに背後からガリア王国が襲い掛かる計画——だな」

ヴィルハルトは、襲ってくるのはガリア王国の者だと予想している。ルフィーナは彼の指示通りに内側から南京錠《なんきん》を掛けた。これで外からなにか来ようとしても、鉄格子が彼女を守る。

それにしても、あまりにも手早い。おまけに湯たんぽに南京錠とは。持参した物品の幅が広いと言うか、対応が多彩だ。

ルフィーナは呆《ほう》けた様子で彼を見てしまった。

——ヴィルハルト様は有能でいらっしゃるから、こういうのも不思議はないけど。ご自分でこと細かに動かれる様子がまるで、……庶民的？

そこまでやってからヴィルハルトは格子に掛けている彼女の指先を軽く握った。こんなときだというのに、ルフィーナは頬をうっすらと染める。

——そういえば、わがままを言えと言われた。唯々《いい》諾々《だくだく》と従うばかりでは人形なのだと。

その通りだった。一人で考える時間はたっぷりあったから、頭の中で整理していた。

ルフィーナは、握ってくれた彼の指先を、掌を上にして自分も握り返す。

「お訊きしたいのですが」

「なんだ」

「いま訪問中のアンジェラ王女は偽物だとリナが言っていました。ご存じでしたか？」

知っていたからつれなくしたのか、本物なら対応は変わったのか……と、他の女性に対する嫉妬心があからさま過ぎて、そこまではっきり訊けなかった。

ヴィルハルトはルフィーナが尋ねた意味を正確に把握した。

「王女に関しては調査していた。偽物という報告はなかったな。縁談はどのみち断るから、私に近づけさせない策はあれこれ講じておいた」

「ガリア王国からの縁談は断られるのですね」

「当然だ。あなた以外の者を花嫁に迎えられるか。私の妻であり伴侶であり花嫁となるのはあなただけだ。ルフィーナ」

格子越しで見つめ合う。じっと見ているルフィーナの両目に涙が浮かぶが、彼女は俯くことでそれを抑えた。

「格子がなければな」

ぼそりと言われる。口には出さないが大いに賛同した。

ヴィルハルトは、真剣なまなざしになってルフィーナに確認する。

「帳簿はどうだった？」

　はっとして顔を上げる。ただ、手は繋いだままだ。

「要塞の補修のための予算にも横領が隠されていました。その書類に、ダグネル長官のサインと印璽を見つけましたので、それが横領の確たる証拠になると思います。横領自体は、新たな帳簿を作成したのではっきりしました」

「額も分かるか？」

「分かります。横領の実態も書いておきましたので一目瞭然です。新たな帳簿は〈簿記〉という会計方法になります。いままでとは違うので、説明が必要だと思いま……」

「簿記？」

　途中で遮《さえぎ》られるのは珍しい。顔を上げるとヴィルハルトの目が見開かれてルフィーナを凝視していた。彼の視線が突き刺さるようだ。

「事務官として公女とは思えない優秀さがあり、しかも簿記か。ルフィーナ。〈猪突猛進の第一秘書〉と聞いて、なにか思い当たることはないか？」

　大きく口を開けてとてつもなく驚愕したルフィーナは、次には、ぱくぱくと閉じたり開いたりした。声が出ない。ヴィルハルトは早口で続ける。

「倒れたときに夢を見た。榊隼人と名乗った前世の記憶が蘇ったんだ。――祥子、か？」

　驚きの中にいたルフィーナは、こくんっと深く頷いた。かすれた声を絞り出す。

「ヴィルハルト様からの婚約破棄の通告で衝撃を受けて倒れたとき、前世の記憶が蘇りました。私の前世での名は、小坂祥子です」

互いにまじまじと見る。格子の間から入ってきた彼の腕で、鉄格子ごとぎゅうぎゅうに抱きしめられた。

「鉄の格子が、痛いです。ヴィルハルト様。あの、前世の記憶が蘇っても、いまの私はルフィーナです。お分かりでしょうか」

身体は離されたが、彼女の両腕は、限界まで入ったヴィルハルトの手でぐっと握られた。

「もちろん分かっている。あなたは私が愛し守りたいと願うルフィーナであり、私は帝国の皇子ヴィルハルトだ。ただ、伝えねばならないことがある。たぶんそれがあるから、こうして記憶を戻したんだ」

ルフィーナは息を呑んだ。祥子のときに溜してしまった深い自責の念や後悔を、少しは和げることができるのか。転生しても失われなかった嘆きの気持ちを宥《なだ》められるのか？

強い意志を載せた銀色の瞳が、彼女を呑み込むように瞬いた。

「もう一度逢うと。絶対に逢うと己に誓った。伝えたいことがあるからだ」

「お聞かせください」

「話す。この件が終わってからだ。まずはいまを乗り越えよう。必ずあなたを守ってみせる。今度こそ、必ずだ」

そうして、彼は自分の腕を格子から引き出した。

「書き直した帳簿や、ダグネルがサインした書類はどこだ？　隠し場所は？」

隼人も財務諸表や簿記の知識は少なからず持っていたので、帳簿さえあれば、記憶を蘇らせたヴィルハルトにも数字から不自然さを読み取れる。説明の必要はない。

ルフィーナは、ダグネル側の者に見つかってはいけないと考えて、当たり前のようなカバーを掛けて執務室の本棚に隠してあると伝えた。舞踏会の日、つまり昨日、休めと言われても執務室にいたのはそれを隠すためであり、他に隠せる場所がなかったという事情がある。

「紙を隠すなら紙の中と思いました。詳しい場所は目録をご覧になれば分かります」

ヴィルハルトは密かに笑う。

「記憶が有ろうがなかろうが、あなたらしいな。どこにいても有能だ。だが、働き過ぎだぞ。そこのところは大いに修正してもらう」

「……は、い」

再び格子越しに手を伸ばして互いを感じ合う。キスさえできないこの距離でも、流れてくるものはある。

そこでルフィーナは思い出した。カロリーヌに乳母を迎えに行ってほしいと頼んだのだ。乳母は、母親がベランダから落ちたときのことを証言できるたった一人の者だった。

カロリーヌは、母のアデリアは皇帝に言い寄られたのを苦に自死したと父に言い含めたのではないのか？　アデリアの喪失で心を迷わせていたエルト公を罠に嵌《は》めるつもりで、あの手紙を書かせたのかもしれない。

「乳母だな。分かった。……次にここへ来るときは、あなたを助け出すときだ」

すぅっと離されてゆく手を見て涙が出そうだったが、見送るなら笑顔でなくてはいけないと表情筋に力を入れる。

「夜明けが近づいているが少しでも眠るんだ。また来る」

短く言い置いて、立ち上がったヴィルハルトは踵を返した。


その夜ルフィーナは、ヴィルハルトの厚手の上着をしっかり着こんで寝袋に入った。

寝袋は、思った以上に大きくて、頭の先まで潜り込むことができるし、細身の彼女なら中で泳げるくらいだ。中へ入れた湯たんぽが全体を暖かくしてくれる。

ガラスのない窓から入る冷気も、気まぐれに室内へ侵入する粉雪もほとんど気にならない。

彼の上着の中にすっぽり入っているから、ヴィルハルトがいつもつけている香料がすぐ近くで漂う。腕の中にいるのではないかと錯覚しそうだ。

彼の声が聞える気がした。

『もう一度逢うと。絶対に逢うと己に誓った』

強い想いは魂までも駆けさせるのか。

ヴィルハルトの姿や声を脳裏で巡らせていると、少しずつ睡魔が近寄ってきた。彼の存在があるだけで、牢獄の中にいるというのに身も心も安定を保てる。

『まずはいまを乗り越えよう』

――はい。ヴィルハルト様。

うとうととしながらもさすがに緊張して熟睡できないでいると、誰かが塔の階段を昇ってくる音が聞こえた。ぱちりと両目を開けて寝袋から出る。

――寒い……。

窓の外に見える空はうっすらと明るくなっていた。幸いなことに雪はやんでいる。

ヴィルハルトがドア近くの松明を足していってくれたのはよかった。室内はそれなりの明るさを保っていたから、ドアをバンっと開けてなだれ込んできた連中が、目や口のところに穴が開いている黒い覆面《ふくめん》を被っているのも、片手に持った剣も見えた。

鉄格子の鍵を持っていて、屈んで出入りする部分の錠が外される。けれど開けられない。

「なんだ、これは――っ。南京錠？　内側から？」

「おいっ、これの鍵はあるのか？」

「ない。くそぅっ。これじゃ、こいつにすべて擦《なす》り付けるっていう案もおじゃんだ」

「あなたたちは、ガリア王国から来た者たちね。偽物のアンジェラ王女を捨てて、私の始末が終わったら逃亡するつもりでしょう？」

男たちはルフィーナの言葉を聞いて、目を細めて笑うだけだった。

「早くしようぜ。おい、槍はないか？　それなら届くかもしれん。取って来い」

「おぅ」

一人の意見で二人ほどが扉から出ていった。恐ろしい話だ。

ルフィーナは戦く身体を叱咤して腕を振り上げると金ボタンを窓の外へ向かって投げた。

毎朝の運動はこういう場面でも役に立った。腕の筋力も上がっていたので、金ボタンは三個ばかりが窓から外へ出た。恐怖が先だって、声は喉で詰まってしまった。

南京錠を取り外そうとして伸ばされた男たちの手によって、ガチャガチャと音がする。

恐怖がさらに膨れるが、帝国のたった一人の皇子の伴侶、それが自分。見苦しい最後を晒す気はない。

鳩尾《みぞおち》あたりにぐっと力を入れたとき、外で悲鳴が上がる。

「火事だーっ」

獄にいては火の手からは逃れられないが、聞こえてきた声は遠い。

——ヴィルハルト様の執務室の方じゃないかしら。

ルフィーナはぎょっとして窓を見上げた。

第五章　牢の中で冷えてしまいました

ルフィーナが『火事だーっ』の声を聞くより数刻前、塔から出たヴィルハルトは、帳簿確保のために執務室へ向かった。シュウには残るよう命じる。

「ボタンが投げられたら見える位置で待機だ。近づく者にも注意しろ」

「了解しました」

一つしかない黒の塔の出入り口は、数人の衛兵によって見張られている。

接近する者をすぐに察知できるように、塔を中心にして円形となる周囲には木も岩もない。松明も多く、夜でもほのかに明るい場所だ。しかし、リナは気づかれずに中へ入った。

彼は衛兵たち二班に分け、一方は隠し通路がないか周囲を探索することを命じる。

シュウは、木々のあるところまで離れてから、遠見《とおみ》の筒《つつ》を手に窓を注視した。窓は出入り口上方にあるので、誰かが近寄っても見える位置だった。

シュウや衛兵たちが侵入者に気付かなかったのは、離れた位置から塔へ入る地下通路があったからだ。ダグネルは、自分が捕らえられたときのために極秘裏に通路を作っていた。

リナもその通路を使ったわけだが、旅立ちの前で急いでいたのと、話したいことが多くてルフィーナに言うのを失念した。それでヴィルハルトには伝わらなかったのだ。

夜明け近くになって金ボタンが投げられたのを見たシュウは、彼女のところへ行くかどうかの判断を、ヴィルハルトの指示に任せることにした。

『いいか。お前がどれほど身体能力に長《た》けていても、多勢《たぜい》に無勢《ぶぜい》ということもある。彼女なら、駆けつける余裕のあるうちに投げるから、まず知らせに来い』

ヴィルハルトの予防策は、そのままルフィーナの生命線となった。

彼自身は、近衛兵二人を引き連れて真っ直ぐ執務室へ来ると、近衛兵には扉の外で待機して誰も入れるなと命じ、室内でルフィーナが作った簿記形式の帳簿や書類を探す。

ありふれたカバーというなら、確かに似ているものが多いが、ルフィーナが作った目録は、シュウがよく利用していたのですぐに見つけられた。

開いて一行目から辿ってゆけば、一か所だけ、線が強めに引いてある。

――これか。

三冊の財務諸表と書類一式が、目の高さの真ん中あたりに差し込まれていた。

中身を見ても簿記を知らなければただの数字の羅列に見えるから、そういった意味でも隠されている。

腕に抱えて運び机上に広げたところで、扉の外で騒ぎが起こる。そして扉がバンっと開いて、衛兵姿の一団が入ってきた。

「ここは私の執務室だ。すぐに出ろ」

襲ってきた。襲撃者の兵服はグレイド帝国のものだったが、剣技から中身は違うと分かる。偽物のアンジェラ王女に随行《ずいこう》してきたガリア王国の者たちだ。

「侍従っ、剣を持ってこいっ」

隠し扉の向こうで侍従が待機しているはずだったが、ヴィルハルトの毒殺騒ぎが起きたので場所を移動しているのか誰も出て来ない。

横から飛びかかってきた者には厚い本をお見舞いした。本は凶器にもなる。

反対側から襲ってきた者は体術で飛ばした。扉の外では近衛兵たちが立ち回りをしている。

腕の立つ連中だが、いかんせん多勢に無勢だ。

敵が取り落とした剣を持ったときに、柄にガリアの印があるのを見た。

レイドの皇帝宮内でよくぞ私に剣を振り上げたものだ」

でダグネルとの繋がりが明確になれば、ガリアには正式な抗議ができるし、鉱山の件でも有取引ができる。

机簿に手を掛ける者がいた。そこへ回って叩き伏せる。

とにの書類等を持ち出さないことにはダグネルの件も決着がつかない。

いるうちに、連中は火をつけてきた。いい手だ。証拠を手放せないヴィルハルトをこの
そうこ留めておけるし、本と書類ばかりではさぞかしよく燃えるだろう。

ルトは一人二人と打倒しながら、机の上にある三冊と綴《と》じられた書類を抱え込んだ。

ヴィ燃え始めた書棚が倒れてくる。

そ
「バ：っ」

腕を上げた。——と、素早く飛びかかってきた者に飛ばされて、ヴィルハルトは机の向こまで吹っ飛ぶ。それでもルフィーナが苦労して作り上げた帳簿は放さない。

顔を上げれば、見知った者が憮然《ぶぜん》とした顔でヴィルハルトに火の粉が掛からないよう被さっていた。ヴィルハルトは驚きの声を上げる。

「エルト公！　……あなたは七日後に来るはずでは」

彼のお蔭で、火の付いた棚や本の下敷きにならずにすんだ。

「伝えた通りに動くわけがないではありませんか。侍従はどうしました。あなた様の問題は、皇帝宮内に力のある助力者が少ないことですな。能無しなどいくらいても役には立たない」

「——まったくだ。そのことはよく覚えておいてほしい。いずれ公にも、その問題や他の件も分散して背負ってもらうつもりでいますから」

いまにも『断る』と言いたそうなエルト公は、軍の小隊を連れて来ていた。

ヴィルハルトが手紙に同封した『エルト公王の命令は、グレイド帝国皇子ヴィルハルトの指

示と同等』という書付《かきつ》けが役に立ったようだ。ちなみに、ヴィルハルトの〈命令〉は彼の〈指示〉よりも上位になるので、その点は皇子として譲れないということだ。

すぐに襲撃者の捕縛と消火作業が始まる。ヴィルハルトは、ガリア王国の印がある襲撃者たちの武器を集めさせた。

小隊長に後を任せて、ヴィルハルトの私室で火傷《やけど》の手当をしているところへシュウが駆け込んでくる。

「ボタンが投げられました！」

リビングのソファに座っていたヴィルハルトはすぐさま立つ。呆れた医師団が、無用の長物となってしまうであろう忠告を口にする。

「まだ安静にしておられた方がよろしいかと。火傷の手当ても終了しておりませんし」

「あとでいい。シュウっ、これを預ける。お前はここにいろ」

ローテーブルの上に載せられた三冊と綴り数部を指した。けれどシュウは不満そうだ。

「一緒に行きますよ。留守番はごめんです」

同じく手当てを受けていたエルト公が、シュウの肩を押さえてソファに座らせる。

「残っていなさい。目が真っ赤で唇が紫色だ。目を凝らしていたから目にきて、ろくな用意もなく外で待機して寒さで凍えそうだったんじゃないかね？　私が行く。休みたまえ」

エルト公は、すでに扉の近くまで歩を進めていたヴィルハルトの後ろについた。その場にいた近衛兵の何人かを引き連れてゆく。

シュウはため息を吐いてソファに座った。ヴィルハルトが毎年エルト公国へ肖像画を運ぶときに一緒に行っていたので、公王とはその都度逢っている。試験のような訓練も受けた。

「あの人くらいだよなぁ、殿下に真正面からきついこと言えるのって」

ヴィルハルトがエルト公を宰相にと望む理由を、シュウは誰よりも理解していた。

ソファに埋もれると同時に強烈な睡魔に襲われたが、今度は三冊の帳簿から目を放すなと命じられた。しょぼしょぼと細くなってしまう目でも、開けている他はなさそうだ。


ルフィーナは窓のある壁際まで下がった。

両手で寝袋を掴んでいるのは、襲撃者が槍を持ってきたからだ。せめてこれで穂先を叩き落とすことができないかと考えた。

ヴィルハルトの紫紺の上着をガバリと着込むルフィーナは、余計に細く感じられて、襲っている連中からすればさぞかし華奢な獲物だったに違いない。覆面で顔を隠した者たちは、彼女の動きを眺めてせせら笑った。

ガチャガチャと南京錠に手を掛けていた者も『もうすぐだ』と声を出すと、笑いながらルフィーナを見る。

怯《おび》えさせて、泣き叫ぶところを眺めたいのだろうが、そんなところを見せる気はない。

火事のために外の騒ぎが大きくなり、様々な声や叫びが聞こえる。だから、階段を昇ってくる微細な靴音は聞えなかった。

ドアはすでに開いていた。そこから現れた人物へ目をやったルフィーナは、小さく呟く。

「ヴィルハルト様……」

乱れた髪と息、どれほどの勢いで駆けてきたのか。着ている服も引っ掛けただけというのが丸わかりの乱雑さだった。腕にも頭にも包帯を巻いている。火傷なのか？

胸にくる。ルフィーナは、ほろほろと涙を零した。

次に現れたのは父親だ。彼女はぽかんと口を開けてから、今度は大きな声を出す。

「お父様っ。もういらっしゃったの？　七日後では？」

「皇妃になりたいなら、お前も、もっと勉強する必要がありそうだな」

やはり怒っている。父親は旅の服を着ていた。上着もきっちり身に纏っているので、下に包帯があるのかもしれないが、外からは分からない。父親の怒りの波動が鉄格子の奥までひしひしと伝わってきた。

襲撃者たちが色めきたつ。

「皇子か……っ。ちょうどいい。ここでやってしまえっ」

次々に塔の衛兵や、近衛兵たちがなだれ込んで来るのを見て、逃げだす体勢になった者もいたが、この場の出入り口は一つしかない。

侵入者たちは、悉く打倒されて床に転がる。

首に掛けていた鍵を掴んで南京錠を外したルフィーナは、格子になった小さな扉を開けて外へ出ると、まっすぐヴィルハルトに駆け寄ってその首に両腕を回した。

ヴィルハルトは彼女の身体に腕を回して強く抱きしめる。

少しだけ上半身を放したルフィーナは、彼が頭に巻いている包帯へ恐る恐る手を伸ばした。

「火傷ですか？　それなのにここまで来てくださって」

「あなたの父上に助けられた。父上は背中に火傷だ……が、まぁ、先ほどの動きなら大丈夫かな。あなたの父上は、私よりも頑丈だ」

すぐ近くに立っているエルト公をちらりと見て言う。

ルフィーナも父親の方へ顔を向けた。

頑健で頑丈で剛毅《ごうき》なエルト公は、愛娘《まなむすめ》がヴィルハルトの胸にまっすぐ飛び込んだのを見て、がくりと肩を落としている。

「お父様……たくさんのことがありました。ですが最初はまず、謝らなくてはなりません。心配をたくさんお掛けして、申し訳ありませんでした」

ルフィーナはヴィルハルトの腕を外そうとしたが、彼が彼女の身体に巻いた腕を解かないので、くっついたままでの謝罪になった。

父親はルフィーナに近寄って、乱れた褐色の髪をそっと梳《す》いた。

「顔つきがすっかり違っているな。そろそろ子離れのときか」

微妙に笑い、微妙に気落ちした様子で彼女の背中とトントンと軽く叩いた。それだけで許しを感じ取ったルフィーナは、大量の涙を流した。

腕の力が強くなり、ヴィルハルトがルフィーナに尋ねてくる。

「寒そうだな」

「すっかり冷えてしまいました」

「では温まろう」

抱き上げられる。父親が近くにいるのでルフィーナはひどく狼狽《ろうばい》して彼の腕から下りようとするが、ヴィルハルトはそれを許さず、ますます彼女に触れる手の力を強める。

こういう姿はあまり親には見られたくないものだ。恥ずかしさが一層強まる。

「お父様……あの……」

「話はあとにした方がよさそうだな。……ま、温めてもらいなさい。どのみち婚約は復活になった。殿下、反対なぞしませんよ。娘に恨まれるのは避けたい」

真っ赤になってしまうが、抱き上げられたまま運ばれてゆく。ドアから出るところでヴィルハルトは軽く振り返り、義父予定者に頼んだ。

「エルト公。この場のあと始末をお願いします」

「お願いされましょう」

父親が苦笑いを零したのを見て、ますます頬を赤く染めたルフィーナは、羞恥で顔が上げられなくなってしまった。

階段を降りて黒の塔を出る。屋内の廊下に入っても、ヴィルハルトに抱き上げられた状態で運ばれてゆけば、誰もかれもがぎょっとした顔で後ろに下がる。

「重いのではありませんか？　階段でもこの状態では、腕が疲れてしまいます。下ろしてください。歩けますから」

「遠慮はいらない。あなたは軽いから、疲れはしないな」

「ですが、今日は毒薬から火事まで……あ、そういえば帳簿はどうなりましたか？」

「出火は執務室からだが、間に合う間に外へ出した。今頃はシュウが見張っている」

ヴィルハルトは彼女を下ろすこともなく、自分の私室へ運んだ。いつも通り二人の衛兵がついてくるから本当に恥ずかしかった。

リビングへ入っても抱き上げられている。近衛兵は扉までだったが、リビングではソファの背もたれに身体を預けたシュウが、瞼を半分下してぐったりしていた。

シュウの目の前にあるローテーブルの上には、ルフィーナが苦労して纏めた財務帳簿などが積み重ねられている。

ほっとした。これらがあれば、ダグネル財務長官と渡り合えるはずだ。横領額の大きさに、誰もが驚くに違いない。

シュウはすぐに立ち上がって頭を下げる。

そしてルフィーナへ目をやって『ほー、へー、ふーん』と意味ありげに声を漏らした。

「私は彼女と風呂に入る。お前はその帳簿をしっかり抱いて、そのあたりで眠るといい」

「は、仰《おお》せのままに」

にんまり笑われて見送られる。ルフィーナは顔を伏せて隠すしかなかった。

寝室に入ると、肖像画の部屋に続くのとは別のドアを開けて水周りへ行く。

ここまでは来たことがあった。広い場所に洗面とトイレがあり、その向こうにまたドアだ。そちらは開けたことがない。

ヴィルハルトは、彼女を抱き上げたままで奥のドアを開ける。すると階段があり、彼はすたすたと下りてゆく。湯音が耳に入って湯気が籠り始めると、ルフィーナは目を凝らした。

「湯殿《ゆどの》ですね」

「私専用だ」

ヴィルハルトの居室は二階でも、一階に造られた風呂ということは、たぶん非常に広く、湯の量が多い――という彼女の予想は当たっていた。ただし規模は想像を上回ったが。

太めの柱が数本立っている。中央に広いバスタブならぬ湯殿があって、奥に設えられている獅子《しし》の頭を模《かたど》った彫像の口の部分から湯が注がれていた。いつでも湯に浸《つ》かれる仕様だ。

くんっと鼻を鳴らしたルフィーナは、湯がどうやって四六時中注がれるのかを理解した。

「わずかですが、硫黄《いおう》の匂いがします。これは温泉ですか？」

「そうだ。泉質も調査済みだ。あまり強いものではないし、湯温も低めだから、長時間入っていられるぞ。いい造りだろう？」

笑いながら、うん……っと頷いたルフィーナを見て、ヴィルハルトも笑う。

ようやく彼女を床に立たせた彼は、ルフィーナの服を脱がせ始める。

「一緒に入るのですか？」

「そう言ったろう？」

周囲を見回すと、かなり広い風呂場のもっとも遠いところの壁にドアがあった。

恐らくあそこから掃除などの役目を持つ者が出入りするのだ。いまは誰もいなかったので、ほっとする。

ヴィルハルトは、彼女が着込んでいた彼の上着を脱がせ、事務官の黒い服も白いブラウスも剥ぎ取ってゆく。ルフィーナも彼が羽織っていたシャツを脱がせる。

ヴィルハルトは腕に巻いていた包帯を取ってしまった。

「よろしいのですか？」

「医師団は大げさなんだ。ほら赤くなっているだけだ」

確かに腕はそうかもしれない。しかし、頭の包帯を取らないから、きっとそちらには傷があると思われた。けれど口にはしない。ヴィルハルトがここへ彼女を連れてきたのは、話をするためだと思ったからだ。

「ゆったり温まりながら、前世の話をしよう」

「はい」

チャポンと音を奏でる湯に浸かり、彼らはようやく、転生までして伝えたかったことを口にする。


温まるとふわふわと意識も茹《ゆだ》ってゆく。

湯殿の端の曲線に背を預けたヴィルハルトは、太腿の上に対面になるようルフィーナを乗せてから語った。

病気になって別れを告げたということ、祥子が聞いたのは慟哭の叫びだったこと。

祥子が熱中症であの世界から去ったあとの隼人の苦しみを思うと、きしむようにして胸が痛んだ。聞き終えたルフィーナは、茹ってゆく意識に身を任せて、彼の肩先に頬を乗せる。

ヴィルハルトの脚を跨いで座っているのを忘れたわけではないが、とにかく気持ちが良くて、赤ん坊にでもなった感じで、身も心も預ける。

――……眠い。

いろいろなことが一度に起きた。眠気に襲われても仕方がないというものだ。

涙が溢れてたくさん流れてゆく。きっとこれは、祥子が流している。永遠に分からないはずの問いの答えを得て、前世の後悔や自責の念が昇華されていった。

もう胸が苦しくなることもなくなる。祥子だったときの記憶も、時とともに薄れてゆくだろう。無言で天井を見上げている彼もまた、たぶん同じことを考えている。

「……なぜヴィルハルト様が九歳も年上なのでしょう」

「おそらくだが、私の生きる場が決まってから、あなたを呼んだんだ。求めて呼んで、望みを達した。あとは、あなたを守って幸福にする。精進《しょうじん》しないとな」

「私はあなた様の傍でお手伝いできるように、頑張ります」

湯の中から上がった手で頭を撫ぜられた。

ちなみに彼女の豊かな髪は、ヴィルハルトが洗いたいと言ったので括りもせずに湯に入った。湯に沈んだり浮かんだりしながら揺れている。

「あまり頑張るな。適度でいい。……だがまぁ、あなたには難しい要求かな。私が調整するから、思うままに走るのもいいか。それが一番あなたらしいし」

彼の呟きを、ぴたりと抱きついた格好で聞いている。眠さが襲ってきて、本当にうとうとし始めたところで、湯の中のヴィルハルトの手が不埒《ふらち》に動き始めているのを知覚した。

「……待ってください」

「いやか?」

「声が、すごく響きます」

「いいな、それ。皇帝宮中に響き渡る声を上げてくれ。こういうことは、やめてと言われながらするのが楽しいんだ」

ぽかんと彼を眺める。わがままを言えと要求しながら、閨《ねや》では言っても聞かないのかと呆れてしまった。

ルフィーナは両腕を上げて彼の首に回す。

「お願いがあります」

わがままの代わりにお願いだ。

ヴィルハルトは、ほれぼれするような笑みと共に『なんだ』と訊いた。

「私以外の人と結婚しないで」

「もちろんだ。……アンジェラ王女は偽物だが、本物として丁重にお帰りを願うしかない。獄舎に入れても始末に困るからな。捕らえた連中は、向こうが捕虜と認めれば、条件次第で帰す。捕虜と認めないなら、どうするかは会議で決める」

後処理について、彼女が口を挟める余地はない。いずれはっきりすることだ。

「私以外の女性とあまり親しくならないで」

「礼儀を通すだけだな」

「あなたの子供がほしいです。あなたの次の皇帝陛下だけでなく、兄弟姉妹をたくさん」

兄弟が多いと皇位継承争いが起こりやすくなるが、親の側で避けられる準備をして、そのための環境を作ってゆきたい。たった一人にすべてを背負わせることは避けたかった。

「では——励《はげ》もう」

出産は大仕事だが、いまのルフィーナなら大丈夫そうだ。

向き合って足まで広げている。彼の首に置いた手は、ルフィーナが後ろに倒れないためのつなぎ紐代わりになった。

「あぁ……、は……」

胸を揉まれて、ため息のような声が漏れる。温められた肌は、感覚も鋭敏になっていた。

乳首を引っ張られて首を振れば、髪がパシャンパシャンと湯面《ゆおもて》を打つ。

彼の太腿の上に載る足と臀部は、まさにヴィルハルトの思いのままに嬲られる。

ヴィルハルトが自分の脚を広げれば、ルフィーナの脚も開く。彼の手を前側から差し込まれて泳いでいる陰毛を撫でられ、恥骨の形を確かめられた。

指が隘路へ侵入すれば、湯まで入ってきそうで少し怖い。

「湯が、入ってしまいそうです……」

「この湯は日々取り換えられているし、成分的にも問題はない。大体、これほど狭くては入りようもないんじゃないか？」

そうなのかと疑問を持ちつつも、意識は湯けてゆく。

陰核は熱で茹《ゆ》でられ、かなり脹らんでいた。それを、彼の指がさんざん玩具《おもちゃ》にして捏《こ》ねている。押さえて摘んで引っ張って、遊んででもいるように嬲られると、急激に膨らんだ快感が襲ってきて、何度も肉体を満たした。

「きゃぁ、あ、……だめ、だめ、……あ――」

背を反らせて達する。ヴィルハルトの首から手が外れてしまったので、後ろへ倒れないよう彼の腕が彼女の背中を抱いて支えた。

びくびくと痙攣した躰が、湯の中で漣を作る。

声に気を付けていたのに湯の浮力を利用され、育ちきった陽根で下からの突き上げが始まると、堪えていられなくてひっきりなしに高い声を上げた。

「あーん……あー……」

「ルフィーナ……好《い》い声だ。響くぞ……」

「いやぁああ――……っ」

膣内で達することを覚えてしまった肉体は、彼の要望に沿ってとても淫靡に花開く。

ヴィルハルトがどれほど満足げに笑ったことか。目で捉えても知覚できない彼女は、まだ当分彼を満足させられないと秘めた思考を繰り返しそうだ。

エルト公が皇帝宮へ到着したことで、なにもかもが後始末に向かう。

ヴィルハルトは御前会議の席で、財務長官ダグネルの横領の事実を暴き、皇子暗殺事件の首謀者も彼だといくつもの罪状を上げた。

捕虜にした連中が、自分たちは財務長官にたぶらかされたと主張したことで、ガリア王国の関与は否定され、すべてがダグネルの仕業だと断定された。

ガリア王国は彼らを切り捨てて捕虜と認めなかった。そのままでは皇子暗殺関与で処刑されるところを、エルト公の預かりとなり、公王に一任された。おそらく労働使役《しえき》の刑に処せられ、時期を見て放逐《ほうちく》される。

ダグネルが横領した金塊《きんかい》は帝都に隠されていて、その場所をカロリーヌが知っていた。

カロリーヌには司法取引が提示された。彼女は、第二秘書官の証言は嘘でありエルト公は皇子暗殺に関与していないこと、そしてルフィーナの無実を証言した。

ヴィルハルトは、牢獄での扱いにも手心《てごころ》を加えることを約束し、うまくいけば皇子と公女の婚儀のときの恩赦《おんしゃ》で牢獄から出られるかもしれないと持ち掛けた。カロリーヌは、一も二もなく了解して、知っていることを洗いざらい話したそうだ。

ただし、恩赦を受けても、監視付きで幽閉された暮らしになる。

カロリーヌ自身によれば、それでも投獄よりはよほどましだという。短い間とはいえ、一度は牢を味わったルフィーナには理解しやすい意見だった。

――でも……。叔母様は、財務長官とは恋仲でいらしたのよね。愛する人が大切だったからこそ、協力したのではなかったのかしら。

見張り付きで顔を合わせたルフィーナに、カロリーヌは明るく言い放った。

『最初はね、あなたよりも自分の恋を大切にしたわ。あなただって分かるでしょ、そういう気持ち。でもね、金塊も差し出し、逃げることもできなくなった。すべてが潰れたいまは、お姉様の娘であるあなたはやはり可愛いと思うわ。恩赦、よろしくね』

叔母の生命力には感心する。こういう人は、どこででも生きてゆけそうだ。

カロリーヌの証言によって、エルト公やルフィーナに掛けられた疑惑も晴れた。

かくして、今回の皇子暗殺事件は、一応の終止符が打たれたのだった。


ヴィルハルトが遣わした衛兵に守られて乳母が到着すると、年老いてもしゃっきりと動く元気な彼女は、エルト公にアデリアの最後のときについてもう一度話した。

『奥方様は、本当に事故で亡くなられました。お心が弱っていたのは確かですし、お体も丈夫ではなかったので、ふらつかれたのですよ』

事故ならばどうしようもない。

どれほどエルト公が愛していても、気弱になっていたアデリアがベランダの淵《ふち》でふらつくのは止められなかった。その場にいなかったのだから。

『公王様。この話は二度目です』

『すまんな。妻を亡くしたころは呆然《ぼうぜん》自失で、ビアーチ夫人が語る理由とやらに気持ちが飛びついた。おかしな手紙を書いたのもそのころだ。怒りが私を生かした。そうでなければ生きていけないほど気落ちしたんだ。人の心とは弱いものだな』

父親が書いた手紙には、皇子を殺害するとは一言もなかった。

実のところ体も心も強靭《きょうじん》なエルト公は、彼の言葉通り『公国と帝国のために』、そして『ひ弱な娘を守らせるために』、すべての思いを呑み込んで、十五年もの間、ルフィーナとヴィルハルトの婚約を維持してきたのだった。

ベッドで横になって事のあらましを聞き終えた皇帝は、かつての自分の行いをエルト公に謝罪し、公王はそれを受け入れた。

こうして、年の瀬も越え、皇帝宮内での新年の祝いを過ぎたころになってようやく、すべての後始末が終わった。通常の倣《なら》いでは、新しい年を迎えたあと、一か月後には各国の貴賓を招いた夜会が盛大に催される。

夜会は、ルフィーナが女性事務官から皇子の婚約者エルト公女へと転身し、正式な皇帝宮デビューを果たすにはうってつけの行事だ。

皇帝が、その夜会の前に婚約の儀を執り行うと言いだしたことから、ルフィーナはすさまじく忙しくなった。これで、彼女の立場は確固たるものとして披露目ができる。

エルト公に早く娘の晴れ姿を見せようという、皇帝の謝罪の気持ちもあるらしい。

ヴィルハルトは嬉々としてルフィーナのドレスを作り、宝石も揃えて、髪飾りなど最高のものを取り揃えてゆく。

父親はそれにケチをつけるのがたまらなく楽しそうだ。あれはセンスがない、これはレースが不適切だとウキウキしながら口煩《うるさ》く言っている。

ルフィーナは、儀《ぎ》礼典礼《れいてんれい》のことを学ぶのに必死だった。しかし、秘書官の仕事もしたいと動き回るから、ヴィルハルトは少し困っている。

「それでは疲れてしまうじゃないか。秘書官は新しい者を探している。エルト公も手伝ってくれるから今のところ回っているんだ。気にするな」

「もう用無しということですか？」

「そんなことは言っていないっ」

ルフィーナの眼が少しでも潤むと、ヴィルハルトは大慌てになってしまう。

彼女のことしか見えなくなり食事も喉を通らなくなると大笑いをした父親に聞いたので、ルフィーナは必死で涙を堪え、明るく振舞う。そんな毎日だ。

彼女は、できる限り彼と一緒に食事をする。晩餐はもちろん同席だが、それ以外の軽い食事も共に席に着く。ある日の午餐で思い切って訊いた。

「私が淹れるお茶は、もうお飲みになれませんよね」

「どうしてだ」

「だって……怖いと思われませんか？」

謝るなと言われたので、彼に対して『申し訳ありません』は封印した。しかし、あのときのことは、ヴィルハルトに『ルフィーナは毒を盛ることが可能』という事実を残したはずだ。

けれど彼はなんの苦もなく彼女の淹れたお茶を飲んでくれる。

「あなたの手が入った飲料も、料理をするならそれも、絶対に口に入れる。美味《うま》いんだ」

そう言って笑う。感情が目いっぱい高まったルフィーナは、目を瞬きながらも、涙を抑えるために気持ちのすべてを込めて告げる。

「ヴィルハルト様、……好き」

そして彼は手に持ったカップをがちゃーんと落とす――というのが、皇帝宮の日常になった。

新しい年を迎えてから半月が過ぎ、雪が降り積もったその日。

ルフィーナは亜麻《あま》色のドレスに身を包み、謁見の間で皇帝陛下に正式な目通りをした。

大扉が全開になり、侍従長の声が響く。

「エルト公王陛下、ヴィルハルト・フォン・グレイド皇子殿下、ルフィーナ・トゥ・エルト公女殿下」

ルフィーナの清楚《せいそ》でありながら艶《あで》やかな美しさに、緋《ひ》毛氈《もうせん》を真ん中にして両側に立った高位の貴族たちや、高官、大臣たちが目を見張る。

謁見が済めば、同じ顔ぶれに後から加わる予定の者が合わさって、大聖堂に移動する手はずだ。そこで婚約の儀へと雪崩込むことになっていた。

腕を組んだ二人の前方に、父親のエルト公が先導する形で真ん中を歩いてゆく。

最奥になる数段上がった台座の前まで行くと、エルト公は玉座《ぎょくざ》に座るグレイド皇帝に向かって礼をとり、挨拶の口上を述べた。差しさわりのない内容に纏めてあった。

ルフィーナは、ここでグレイド皇帝に初めて会う。

――ヴィルハルト様に似ていらっしゃるかしら。面影があるくらいかな。ヴィルハルト様は皇妃様似という話は本当だったのね。

皇帝の髪は茶系だった。顔つきも往年の猛々《たけだけ》しさが残っている。

ルフィーナは絵でしか見たことはないが、皇妃の白い肌や整った相貌、長い直毛が白銀だったのを思えば、ヴィルハルトは確かに母親似だ。

エルト公が後ろに下がって、ルフィーナとヴィルハルトが前に出る。

二人共に深くお辞儀をして、今度はヴィルハルトが口上を述べた。

最後はルフィーナの挨拶だ。

「ルフィーナでございます。どうぞ末永くお見知りおきください」

簡単な言葉でも、緊張で声が震えた。

ベッドからかろうじて起き上がったという皇帝は、玉座から立ち上がり、片手を上げてそれぞれの口上への返事をした。

最後に綴られたのはルフィーナへ、そしてこの場における締めくくりの言葉だ。

「公女ルフィーナ、グレイド帝国のために、末永く皇子ヴィルハルトを支えてほしい。エルト公王の決断で成ったグレイド帝国とエルト公国の融合を歓迎する。ここに二人の婚姻を許し、婚約の儀を執り行うことを宣言する」

これで終了の予定だったが、皇帝が侍従長の手を借りて台座から下りてきたので、謁見の大広間は一気にざわつく。

ルフィーナも驚いた。ヴィルハルトも驚愕している。

彼ら二人の前に立った皇帝は、侍従長の手から離れ、ヴィルハルトの手を取った。そしてルフィーナの手を取り、二人の手を重ねる。

「幸せになれ。いまこの時より、皇帝の座は皇子ヴィルハルトに譲る。これより先は、ヴィルハルトをグレイド帝国の皇帝とし、皇妃をルフィーナとする」

朗々《ろうろう》と告げられた内容に一同唖然としたが、エルト公だけは先に聞いていたのか、皇帝の近くに寄ると、今度は彼が手を引いてゆく。

皇帝は玉座には戻らず、エルト公とともに奥へ退場した。

唖然としていたルフィーナは、ヴィルハルトに手を引かれ、はっとして隣を見上げる。

厳しい横顔をしていた。これよりのちは、代行ではなく彼の背中に帝国が乗る。

ヴィルハルトはルフィーナを台座の上へ導いて横に立たせてから、くるりと身体の向きを変え、謁見の間に集う国の重鎮たちに向かって大きく声を張り上げる。

「私は、グレイド帝国皇帝ヴィルハルトである。横に立つのは皇妃ルフィーナだ。みな、心するように」

ざざざ……とすべての者が深く頭《こうべ》を垂れた。

ルフィーナは臓腑《ぞうふ》がきりりと痛むほど緊張する。彼女の背にも責任と役目がどっと圧し掛かってくるのを感じた。

彼女を皇帝宮へ来させないためにヴィルハルトが婚約を破棄した理由を、このときしみじみと実感した。この環境では、かつてのルフィーナならすぐにも寝込んでしまったと思う。

――あなたの助けになる者になりたい。これからも身体を丈夫にしてゆきます。近い将来は子育ても全力でやります。ですから、もう二度と私を離すことは考えないでください。

彼女の願いと祈りは、前世から続いているのかもしれない。

謁見の間から移動した大聖堂で執り行われた婚約の儀は、速やかにつつがなく終了した。

いきなり皇帝位を譲られ、いきなり新皇帝の宣言をしても、ヴィルハルトは少しも変わらないし、誰もなにも言わない。

なにか言われそうなのは、婚約の儀を済ませただけで婚儀は五か月後の初夏に決まったばかりのルフィーナだと思うが、やはり誰にもなにも言われなかった。

前々から『エルト公女への陰口は身を滅ぼす』と周知されていたので、皇帝宮の者たちは公表された事実だけを受け取るのだという。そのことを話してくれたのは侍女頭だ。

謁見の前に風呂に入っている。予定されていたすべてを終えてドレスを脱がされると、次は白いナイトドレスに着替えさせられた。下着はない。髪は解され、たっぷり梳いてもらった所以《ゆえん》なのか、艶もあれば軽く美しく波打って彼女の背中を覆う。

そして、眠るというのに薄く化粧を施されれば、この先は容易に想像がつく。

本来こういうことは、婚儀のときの行事の一つなのではないかと、侍女たちを指揮している侍女頭の耳元に唇を寄せて小声で尋ねた。

『婚儀のときはたくさんの儀式が積み重ねられて一夜が明けます。ですから、今夜はどうぞごゆっくり、将来のお話などなされませ』

と言われた。侍女頭が微笑み、そこにいた者たちが頭を下げる中、ルフィーナはこの日のための寝室へ連れて行かれる。

特別な部屋には、特別なベッドが用意されていた。とにかく大きい。

足元側のチェアに座っていると、白いガウンのようなものを着たヴィルハルトが部屋に入ってきた。彼も部屋の中を見回してベッドの大きさに驚いている。

「疲れたか？　もう動けないかな」

「興奮しているみたいです。目は冴《さ》えていますね」

「では、この広いベッドの上で運動をしよう」

彼は腕を伸ばしてルフィーナを強く抱きしめると、一緒になってベッドへダイビングした。

ナイトドレスを脱がされる。下着はないのでこの時点で素っ裸だ。

ヴィルハルトの方も絹のガウンを脱ぐとなにも身に着けていなかった。

覆い被さったヴィルハルトにキスをされて、ベッドの上でぐるんと身体の上下を入れ替えられる。そしてまたキスをして、グルリと回った。

大きなベッドは楽しい遊びができそうだ。ルフィーナはつい笑ってしまった。

ヴィルハルトも笑ったが、胡散臭《うさんくさ》く感じたのは間違いではないだろう。

何度も口づけられ、丁寧な愛撫を受けてすっかり躰の熱が上がると、彼は高まった一物を彼女の様子を見ながらゆっくり繋げてきた。

「は……あぁ、あ……」

大きく足を広げ、ヴィルハルトを迎え入れると、ルフィーナは彼の首に腕を回して抱きついた。どこもかしこも、隙間なくぴたりと張り付く。まるで一つのものだ。

かといって、彼の手伝いをしたいから別個の存在であることには感謝している。すでに何度も繰り返した行為なのに、今夜ばかりは涙が溢れて仕方がない。

「愛している」

幾度も囁かれて、彼女も一生懸命口にした。

「私も、……愛して、います……あああ、……っ」

そしてフィニッシュだ。ゆっくり追い上げられて悦楽の波に揉まれたルフィーナは、内部で膨らんで果ててゆく男根のうねりを感じ取った。

ヴィルハルトは、初めてルフィーナの胎内で達したのだった。

——もう子供を産めるって、思ってくださるの？

言葉にできるほどの余裕はなく、深い満足とともに彼女も高みへ上った。

ぜーはーと息を荒くして休んでいると、身体を放したヴィルハルトは興味深そうに室内を眺めてからベッド端まで這って行って、サイトテーブルの引き出しを開けた。

ルフィーナは、目で追うだけだ。やはり体力差は歴然としている。

彼は中から小さな瓶を取り出した。凝った作りの化粧瓶で、中の液体は、薄いピンク色をしている。ヴィルハルトが振ると、濃度を感じさせるとろりとした動きをした。

「これがなにか分かるか？」

毒ではないと思うが予測は付けられず、首を横に振る。

「これは、この部屋を使用する二人が問題なく身体を繋げて、国同士の繋がりの糧《かて》にするためにに担当者が用意したものだろうな。国同士の約定もあるから、ここまできて失敗はあり得ないということだ」

「失敗がないよう、用意？　なんですか、それは」

「媚薬《びやく》だ」

ルフィーナはざぁっと顔を青くさせて、ベッドの上から逃げようとする。しかし広い。端まで行ったところで、足首を掴まれて引かれた。

うつ伏せになっていて脚を引かれたので、伏せたままで彼の近くまで寄ってしまった。

ルフィーナは急いで身体を反転させて、上半身を起こす。

彼女の片足首にヴィルハルトの膝が軽く載せられ、開いた両手で小瓶の蓋をポンと開けた彼は、とろりとした液体をルフィーナの脚に垂らした。

「心配しなくてもいい。中には入らないようにする。舐めてしまうから。……肌からも吸収すると効能に書いてあるな。こうしているだけで効いてくるようだ」

脚に零された液体がヴィルハルトの掌で広げられてゆく。塗られた肌が次第に熱くなってきた。

――ヴィルハルト様は、舐めるの？　どうなるわけ？

あんぐりと口を開けたルフィーナは、今夜がどれほど熱い夜になるのかまだ知らない。

抱きしめられて、身体中を舐められる。熱い、すべてが熱い。

「ルフィーナ。必ず守る、今度こそ、絶対だ」

「は、あぁあ、……ヴィルハルトさ、まぁ――ああっ、どうしよう。……もっと奥までっ」

「いくらでも、……抱きつくす」

突いてくる雄の激しさは、すでに情液で濡らされていた蜜壺の内部を狂わせた。

「ひあ、……変に、なってしまう……」

「思い切り、感じろ……、私も、狂いそうだ」

内部にある悦楽のしこりが刺激され続けているのに、もっとほしいと欲求は膨らむばかりで爆《は》ぜない。我慢して快楽を溜めている。蜜道が収縮しながら蠢いて彼のものを絞り、雄の形を意識に刻みつけてゆく。

ヴィルハルトの長い指が、陰核に甘い香りのする媚薬を広げると、愉悦で焼かれてたまらない状態になった。

仰向けで彼を受け入れていたのが、くるんと反転して今度は上に乗る。

「ああ……ん――っ、悦《い》い、い……っ」

乗っている状態で激しく上下に動いているのは自分だ。ほしくてたまらなくて、遠慮もなにもない。見苦しいほどに彼を求めていた。

「綺麗だな、……ルフィーナ」

乳房が揺れる。そこにも刺激がほしくて、自分の両手で乳首を摘んでいた。そして溜めた快感を一気に解き放してゆく。

「あぁあ……ん――っ」

ヴィルハルトの雄を思い切り食らった。

すると先ほどと同じで、膣の中で男根が膨らみ、爆ぜた。壁を叩かれる奔流に酔ってしまう。ぐらぐらと意識が揺れ、やがて真っ白になっていった。

ぐらんと傾いた肉体を彼の腕が支えて、またクルリと上下が入れ替わった。

口づけられる。深く浅く、そして深く。口内でも舌で交わる。

「もっと注ぎたい。もっと、溢れるほど」

はぁはぁと速い息で言葉など綴れそうもないので、ルフィーナは彼の首に腕を掛けて、自分の方から口づけた。

胎内で膨らんでくる雄は、彼女を望むままに奪いつくしていった。

皇妃の勉強はたっぷりしている。

合間を縫って、事務官の服を纏うと皇帝の執務室へも行く。

新しい事務官も決まりつつあるらしく、シュウは『これで外へ出られます』と喜んでいた。

ルフィーナが寝起きしているのは、皇帝の居室の隣になる皇妃の私室だ。寝室が内廊下で繋がっている。蜜月はとうに始まっていたので、こうした造りには感謝した。

婚約の儀のあと、春を待たずにエルト公は公国へ戻った。

『やるべきことを終えたら、グレイド帝国の重臣として戻る。待っていなさいルフィーナ。皇帝の見張りは私がきっちり務めてやろう』

父親はエルト城を閉めるための準備を急いでいるそうだ。いずれ子を宿すであろう娘のために、一刻も早く皇帝宮へ行くことを望んでいるという。宰相の件も快諾したと聞いた。この後は婿と孫の教育のために人生を捧げるつもりらしい。

父親には感謝しかない。

子供はたくさんほしいと思う。

ルフィーナは、子が生まれると父親が溺愛すると予想できるので、そのときは家族で朝のストレッチに励もうと決めている。

epilogue

春が来て、ルフィーナは十九歳になった。

朝の軽い運動は、たまに昼近くになったり、夕方になったりしても、できる限りやっている。

ただ、婚儀まで二か月を切っている以上、準備も加速度的に忙しくなっていた。

婚儀の前に懐妊してもいいのではないかとヴィルハルトが主張して、ルフィーナもそれに賛同したので夜も目いっぱい充実している。……しすぎているかもしれない。

運動も縄跳びから短時間のジョギングになっていた。すると、まっとうにお腹《なか》も空く。

忙しすぎて食事の時間が上手く取れないと、夜中に目が覚めてしまうこともある。

ルフィーナはある夜、夜食がほしくて侍女たちの食堂の厨房で簡単な雑炊《ぞうすい》を作っていた。人払いをしたので近くには誰もいないはずが、ふらふらとヴィルハルトがやって来る。

「美味《うま》そうな匂いだな。私の分はあるか？」

婚儀は、グレイド帝国の勢いを諸外国に示す絶好の機会でもある。

儀式と社交と賓客のもてなしなどの予定が山ほど詰め込まれ、一週間以上の時間が取られるという国を挙げての一大イベントだ。

ヴィルハルトは政務をどんどん前倒しに処理しているが、そうなると、限りのある一日の中で睡眠時間が削られる。

一緒に過ごす時間をしばらく少なくしてもいいのではないかとルフィーナが彼に提案したら、ものすごく不機嫌になって『私と一緒にいたくないのか？　どうなんだ？』と行為の中で苛《いじ》められたので、それは二度と言わない。

ハードスケジュールの中ではお腹も空く。しっかり食べないと体力が減退するので、こうして夜中に食べるものを求めてやってきたということだ。

ルフィーナは鍋の雑炊を温め直す。消化の良いものだからこれで大丈夫だ。

「使いを寄越してくだされば、私が作って持って行きますのに」

「眠っているのを起こすのは忍びない。一緒に休まない夜の方が少ないんだ。そういうときは、休んでくれ」

彼がここへ来たのは、自分で作ろうと考えたからだろう。蘇った隼人の知識の中に、料理をする体験もあったに違いない。隼人も一人暮らしだった。

器に温め直した雑炊を分ける。台所に置かれた傷だらけのテーブルで向かい合って座り、話をしながら一緒に食べた。

当然、お茶も淹れる。ルフィーナが無理を言って帝都まで買いに行ったハーブを使った。脳の活性化や疲労回復にも良いとされるローズマリーだ。

ルフィーナは、ドレスであろうと事務官の服であろうと、茶葉を分けて小瓶に入れたものを常にスカートの隠しポケットに入れている。そして彼と飲むときは、必ず先に飲む。

ヴィルハルトはそういう彼女の動きに気が付いていても、なにも言わずに好きにさせてくれていた。彼に毒を飲ませてしまったという心の傷は、当分癒《い》えそうにない。

話題は取り留めのないものばかりだ。

幸福を感じさせてくれるから、もっとたくさんこういう機会がほしいと思いつつも、このわがままは彼に負担を掛けるだけだと分かっているので口にはしない。

これからもこうした時間が持てるようにと、胸の内で願いと祈りを呟くだけだ。

ヴィルハルトは雑炊を美味しいと完食し、お茶も味わって飲んでくれた。

「次は私が作るから食べてくれ」

「喜んで。皇帝陛下の雑炊なんて、皆が驚きますから内緒ですね」

顔を見合わせて笑う。

「知識が残っているのは助かる。思考の幅が広がって柔軟になった。ただ、記憶自体は消えつつあるんだ」

「私も同じです。答えを得て、遺していた心が満たされたのでしょう」

「満たされたのは私もだ。伝えたかったことを伝えられた。記憶が薄れていくのは、役割を果たしたからだな」

魂まで駆けさせた祥子と隼人の想いは、伝え、受け取ることで叶った。

目を細めて笑うヴィルハルトは、硬かった表面に少しだけ柔らかさが生まれている。ルフィーナは、幸福そうに笑ってくれる彼の笑顔が大好きだ。

隼人や祥子の望みだけではない。

笑い合って話をして一緒にお茶を——というルフィーナの夢も叶ったのだった。

あとがき

こんにちは。または初めまして。白石まとです。

「皇子の溺愛　転生公女はＯＬの前世でも婚約破棄されました！」をお手に取ってくださいまして、まことにありがとうございます。

今回は異世界転生です。魔法などはなく、すでに起こっていた転生があるだけですね。

公女ルフィーナは、婚約していた皇子ヴィルハルトから婚約破棄の書状が届くのをきっかけに前世の記憶が蘇ります。前世の彼女は大きな心残りがあったのですが、その時の記憶があるという以外は、ルフィーナの人生は彼女のものです。

ヒーローである皇子ヴィルハルトはルフィーナの守り人です。一途な男で、書いていて感心するほどです。有能であり、できる男なのです。

二人とも相手を見つめながら、一生懸命に生きてゆきます。だからこそ最後は幸福を手に入れられるのでしょう。

内容についてはネタバレになってしまうのであまり触れられません。できましたら最初から順に読んでいただけましたら幸いです。

表紙と挿絵は、すがはらりゅう様です。嬉しいな。私がこの世界に入って以来の憧れの絵描きさんなのです。地味なはずの秘書官の服が乱れて色っぽい表紙になっているのは素晴らしいですね。おまけに挿絵もありますよ。この方の挿絵はインパクトがあって、白黒で入るというのに、構図や、光と影の表現、髪の流れなどどれをとっても素敵です。本で見るのが楽しみでなりません。すがはら様、まことにありがとうございました。

本を出していただくにあたって、たくさんの関係者様がいらっしゃいます。皆様、ありがとうございました。特に担当者様にはお世話になりました。深く感謝いたします。

読者様。読んでいただきましてありがとうございます。読んでくださる方々がいらっしゃるからこそ、書いていられるというものです。

たくさんのものを抱えながらひたむきに生きる人の姿が好きです。そういう姿を書いているつもりですが、少しでもお伝えできるものになっているといいのですが。

次の本でもまたお逢いできますよう、祈っております。

白石まと

愛炎の契約
王女は竜に抱かれる
Novel 白石まと
Illustration 池上紗京
俺の手で
淫らに蕩けてしまえ
「おまえのすべては俺のために用意されていたんだ」竜とその伴侶の女王に治められるベルタ王国。パン屋の娘シルヴェーヌはある日王家の魔道士に、自分が行方不明であった次代の女王候補であると教えられ竜を召還して契るよう迫られる。彼女を愛する伯爵家のリュシアンはシルヴェーヌを奪って竜から引き離そうとするが既に彼女は幼い頃に竜の召喚を行っていた。運命の伴侶に抱かれて感じる悦楽にとまどうシルヴェーヌの真実の愛とは?
好評発売中!

覇王は黒の真珠姫に溺れる
Novel 白石まと
Illustration ことね壱花
おまえが欲しい。
伴侶になってくれ
不吉な予知夢を見るため「黒真珠」と忌避されるアメリアは、夢に現れた「覇王」ルーファスの頼みに応え、彼の絵姿にキスを繰り返していた。百度目に生身のルーファスが蘇り、アメリアと身も心も結ばれないと再び絵に戻されると告げる。とまどいつつも彼に応えるアメリア。「なにもしなくていいんだ。俺の腕の中にいてくれるだけで」美しいルーファスの熱烈な愛に、幸せを感じるアメリアだが、隣国の王太子との縁談が舞い込み!?
好評発売中！

ガブリエラ文庫

MSG-088

皇子の溺愛 転生公女はOLの前世でも婚約破棄されました！

2020年4月15日　第1刷発行

著　者　白石まと
装　画　すがはらりゅう

発行人　日向 晶

発　行　株式会社メディアソフト
〒110-0016　東京都台東区台東4-27-5
tel.03-5688-7559　fax.03-5688-3512
http://www.media-soft.biz/

発　売　株式会社三交社
〒110-0016　東京都台東区台東4-20-9　大仙柴田ビル2F
tel.03-5826-4424　fax.03-5826-4425
http://www.sanko-sha.com/

印刷所　中央精版印刷株式会社

白石まと先生・すがはらりゅう先生へのファンレターはこちらへ
〒110-0016　東京都台東区台東4-27-5
(株)メディアソフト ガブリエラ文庫編集部気付 白石まと先生・すがはらりゅう先生宛

ISBN 978-4-8155-2049-6　Printed in JAPAN

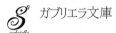